그림을
좋아하고
병이
있어

병이 망칠 수 없는 내 일상의 웃음에 대하여

그림을 좋아하고 병이 있어

신채윤 지음

한겨레출판

나는 병과 함께 살고 있다.
'병에 걸렸음에도 웃음을 잃지 않는 모습'을
간직하고 싶은 것은 아니다.
병이 망칠 수 없는 내 일상의 웃음이 있음을
알아두고 싶은 것이다.

프롤로그

내가 나인 것을 잊지 않고 사는 일

나는 노란색을 좋아한다. 매일 아침 침대에서 일어날 때마다 넉넉잡아 두 시간만 더 자고 싶다는 생각을 한다. 어렸을 때부터 뛰어노는 것보다는 따뜻한 곳에 앉거나 누워 있는 걸 선호했다. 사람들과 이야기 나누는 것도 좋고, 책 읽고 그림 그리는 것도 좋다. 또 로맨스나 판타지 장르의 웹툰을 즐겨 본다. 이렇게 대충 생각나는 것만 나열해봐도 이런저런 특징들이 모여 어느새 특별해진 나를 발견할 수 있다.

나에 대한 무수한 특징 중에서도 희소성으로 순위를 매긴다면 가장 첫 번째로 꼽을 특징은 단연코 타카야수동맥염 Takayasu's arteritis이다. 2019년 9월 26일, 전신 혈관에 염증이 생기는 이 병을 진단받았다. 우리나라에서도 한 손에 꼽을 만큼의 환자가 있는 희귀 난치병이다.

일주일간의 입원을 마치고 돌아온 학교에 내 자리는 없었다. 내가 쓰던 책상과 의자가 없어진 것은 아니다. 하지만 누구도 내가 없는 동안 어떤 일이 일어났고 무엇을 배웠는지 알려주지 않았다. 발로 뛰며 일주일의 공백을 메우다 몸이 이전처럼 건강하지 않음을 깨닫고, 무릎을 짚고 절망하기를 여러 번. 학교를 쉬고 지각과 조퇴가 일상이 되면서 차츰 일상의 회전축이 학교에서 병원으로 이동했다.

마음 둘 구석이 필요했다. 까치발을 들고 거실 서가 맨 위에서『빨강머리 앤』을 꺼냈다. 오랜만에 만난 앤은 나를 받쳐주었다. 많은 것을 동경하지만, 초록 지붕 집의 앤인 것에 행복해하는 앤. 스스로 행복해지는 모습이 나에게도 있었으면 좋겠다고 생각했다. 그래서 우울함은 책 사이에 갈피처럼 꽂아 잠시 덮고 앤처럼 나아가보기로 했다. 내가 어떤 사람인지 떠올리고 행복한 생각을 해보기로 했다.

나는 공부하는 것을 좋아한다. 배우면서 즐거움을 느낀다. 그리고 생각하는 것을 좋아한다. 무슨 일이든 오래 곱씹고 결론짓는 것을 좋아한다. 그 결론이 나름 철학적이고 떠올릴 수 있는 여러 상황에 들어맞으면 흡족해한다. 내 생각을 글로 옮기는 것도 좋다. 매일이 혼란스럽고 나를 둘러싼 주변이 항상 낯설게 느껴지지만, 그런 상황에 놓여 많은 생각을 하는 나를 가만히 바라보는 게 즐겁다.

살아가는 것은 넓은 바다에 홀로 뜬 배를 저어가는 것과 같다고 생각한다. 배를 타고 가다 보면 많은 것을 보고 많은 사람을 만나고 많은 생각을 하게 되겠지. 때로는 견디는 시간도 축제처럼 즐겁겠지만, 난파되어 흩어진 배의 한 조각을 붙잡고 신을 원망하게 될지도 모른다. 내가 할 수 있는 것은 늘 배우고자 하는 마음으로 순간순간을 소중하게 지나가는 것이 전부다. 내가 쓴 글은, 이 결심에 충실하고 있는지 스스로 평가하기 위한 보고서다. 잘 배웠는지, 배움의 순간들에 어떤 생각을 했는지 적어놓으려고 한다.

나에게 정말 많은 배움을 기꺼이 제공해주는 사람들이 있다. 우선 내가 쓴 책이 세상에 나올지도 모른다는, 어린 날에 꾸었던 가장 최초의 꿈을 이루어주신 〈한겨레 21〉과 한겨레출판 편집자님들. 전정윤 기자님, 구둘래 기자님, 언제나 친절하신 이현주 담당 편집자님. 그리고 내가 가진 첫 번째 행운이었던 엄마, 아빠. 원주와 분당에 사시는 할머니, 할아버지. 울산에서 리옹으로 배움을 좇아 떠난 언니와 동생 호윤이. 나의 글을 발견해준 이주현 이모, 늦은 저녁 전화해도 가장 먼저 받아주던 이주진 이모. 나와 함께 자란 사촌들과 종종 연락하는 친구 현선이, 고등학교에서 만난 다인이, 연정이, 나영이, 희유, 현서, 재윤이, 지윤이, 이수, 다솔이, 하정이, 서우, 호영이, 한이, 슬이, 혜린이, 정겸이, 서우, 서연이, 예린이, 이민철 선생님, 최대호 선생님, 김현아 선생님. 그리고 김철원 선생님, 선생님의 시와 말과 눈빛에 지금의 제가 있습니다.

이렇게 감사한 사람이 많음에 문득 버거워지기도 하지만, 꼭 그만큼을 살아낼 생각에 마음을 붙들어 맬 수 있다. 한 사람을 기르려면 한 마을이 필요하다는 말을 생각한다. 내가 살아갈 마을이 되어준 사람들로부터 배운다.

무엇보다 이 책을 읽어주는 사람들이 있음에 내가 다시금 삶을 배운다. 당신이 세 잎 클로버처럼 행복하기를 온 마음 꾹꾹 눌러 담아 바란다.

차례

2장 무언가를 인내해본 경험이 있나요

3장 마음이 꽉 차면 바다로 간다

1장

아픈 나도 나였으므로

눈이 멀지도
모르는 건
내 탓이 아니야

타카야수동맥염은 원인도 알 수 없고, 치료제도 없고, 언제 나을지도 알 수 없는 병이다. 생명에 위험한 혈관의 염증 수치를 빠르게 낮추기 위한 방법으로 고용량 스테로이드제가 가장 보편적이라고 한다. 인터넷에 검색해보니, 스테로이드제를 많이 복용하면 다양한 부작용이 있다고 한다. 몸이 붓고, 호르몬이 정상적으로 작용하지 않는다. 다모증이나 탈모가 일어나고, 안압도 높아진다. 스테로이드제를 먹자 이런 온갖 증상이 일어났다. 2~3주에 한 번씩 만나는 주치의 선생님에게 시력이 떨어지는 것 같다고 말하자, 선생님은 바로 안과 진료를 예약해주셨다.

안과는 큰 대학병원의 구석진 곳에 있었다. 눈이 몸의 구석에 있어서일까, 아니면 안과를 발견하는 것부터가 시력 테스트란 의미인가, 이런저런 생각을 하면서 대기실에 앉았다. 시력 검사와 안압 검사를 거친 뒤 한 시간가량 기다렸다. 의사 선생님은 산동제(동공을 확장시키는 약)를 넣고 몇 가지 검사를 더 하고 오라고 했다. 안내에 따라 얌전히 끌려다니며 네모나고 하얀 기계에 몇 번이고 눈을 갖다 댔다. 눈은 안과에 있을 때 가장 아프다. 눈에 가장 신경 써야 하기 때문일까. 다시 기다림의 시간이 지나자, 진료실 앞 간호사가 내 이름을 불렀다. 검은 자일리톨 껌을 붙여놓은 것 같은 쿠션이 세 개씩 붙어 있는 의자에서 일어났다. 문을 열고 들어갔더니 피곤한 얼굴의 의사 선생님이 있었다. 선생님은 말했다.

"안압이 너무 높아요. 이대로 스테로이드제를 계속 복용하면 한 달 안에 시신경이 죽을 거예요."

심각한 얼굴로 모니터를 들여다보던 선생님이 함께 온 엄마를 쳐다보고 말했다. 환자는 난데.

"죽은 신경은 되돌릴 수 없어요."

나는 눈을 깜박인다. 의사 선생님이 이렇게 잘 보이는데, 이 사람은 내 눈이 멀 거라고 말하고 있다.

"당장 약을 끊어야 해요. 교수님 언제 뵌다고요?"

엄마는 3주 뒤라고 대답한다. 엄마가 어떤 표정을 짓고 있는지 궁금하다. 하지만 볼 수는 없다. 보고 싶지 않다. 보이지 않는다.

"당장 예약을 잡으세요…. 조만간이 아니라 당장! 오늘이라도, 빨리요."

나는 눈을 강하게 깜박거린다. 눈을 떴다 감는 법을 처음 발견한 사람처럼. 눈에서 꾹꾹 소리가 난다.

"스테로이드제 반응이 너무 강해요. 저는 스테로이드제 때문에 실명된 사람도 봤어요."

감정이 얼기설기 밀려온다. 어렸을 때 친구와 구덩이를 만들던 생각이 났다. 나뭇가지를 엉성하게 덮고 빈틈은 나뭇잎으로 메웠다. 꼭 그 나뭇가지의 모양처럼 감정이 얼기설기 밀려온다. 이번에는 빈틈을 무엇으로 덮어야 할까. 그 빈틈은 아직 마주 볼 준비가 되지 않은 감정들. 지금은 직면할 수 없는 감정들. 거기에서 어쩌면 괴물이 튀어나올지도 모른다. 그렇다면 이제는 최후의 보루처럼 아껴둔 말을 스스로 되뇔 차례다. '나는 아무 잘못도 하지 않았어, 내 탓이 아니야.' 엄마가 슬픈 건, 눈이 멀지도 모르는 건, 내 잘못이 아니야.

병원에서 나와 자동차 창밖을 바라봤다. 검사하느라 약을 넣은 눈 속으로 색채가 분리된 것만 같은 풍경이 보였다. 빨간색, 파란색, 노란색의 잔상을 남기며 지나가는 나무들. 나는 앞을 볼 수 없었던 사람들의 이름을 떠올렸다. 루이 브라유, 헬렌 켈러, 심봉사, 『초원의 집』에 나오는 메리 잉걸스…. 어떡하지, 이 사람들은 대단한 사람들이다. 그런데 나는 대단하지 않다. 그 사람들을 존경했지만 이렇게 찬란하고 선명하게 보이는 세상을 포기할 엄두가 나지 않는다. 나처럼 약한 사람이 시신경에 의지해 보지 않고도 사랑할 수 있을까. 세상을, 나를?

약은 줄었고, 아직은 볼 수 있다.

아빠도
위로가 필요한
사람인 거야

"아빠는 무언가 두려워하고 있다."

2019년 10월 8일, 퇴원한 지 나흘이 흐른 날, 그날의 일기는 이 문장으로 시작한다. 어렸을 때 문안 간 병원에서 병실 침대에 누워 있던 할아버지를 만났을 때, 어색한 기분으로 손을 잡았을 때, 나는 할아버지가 병원에서 나오면 건강해질 줄 알았다. 아마도 그때는 병이 무엇인지 몰랐고, 건강이 무엇인지는 더더욱 몰랐다. 이제야 아는 것은, 할아버지도 퇴원한 다음에는 매일매일 집 안을 조금씩 걸어다니셨다는 것. 병원에서 누워만 있던 다리 근육을 키우려고 애쓰셨다는 것이다. 큰 병은 그런 거다. 병원에는 나으러 가는 것이, 급히 목숨 줄을 붙여놓으러 가는 것이 아니라는 걸 알게 되는 거다.

집에 와서는 거실에 앉아 햇볕을 쬐거나, 내 방, 천으로 덮개를 씌운 작은 나무 의자에 앉아 책을 읽으면서 시간을 보냈다. 의자는 창문 바로 밑에 있다. 아빠는 아픈 나를 위해 집에 있을 때가 많았는데, 내 방을 들여다볼 때마다 내가 그 자리에 앉아 있으면 가슴이 철렁한다고 말했다.

"왜, 내가 밖으로 떨어질까 봐?"

아빠는 극적으로 턱을 내밀며, "그래. 그렇다, 왜. 나가자"라고 말했다.

예전부터 아빠는 나를 혼낼 때 내가 죄송하다고 하면, "네가 뭘 잘못한 것 같은데? 뭘 잘못한 건지나 알아?"라고 말했다. 어렸을 때는 그게 당연한 줄 알았다. 그런데 생각해보니까 아빠는 나한테 내가 뭘 잘못했는지, 자기가 왜 화가 났는지 알려준 적이 없다. 그걸 맞히는 걸 당연시했다. 어떻게 어린 내가 상황을 이해하고, 그때에 맞는 태도와 행동을 알 수 있었을까? 내가 죄송한 건 아빠의 비위를 거스른 것뿐이었다. 하지만 그마저도 아빠의 기분에 따라 달라지니까, 나는 영영 정말 잘못한 걸 알 수 없었다. 아빤 왜 화가 난 걸까, 여러 이유를 대다가 얻어걸리면 스무고개를 하는 기분으로 상황을 모면한 데에 기뻐했다. 뭔가를 물어볼 때도 그랬다. "아빠, 저 사람은 왜 저런 옷을 입고 있어요?"라고 물으면, "네가 가서 물어봐"라고 했다. 모르면 모른다고 하면 될걸. 아빠가 아무리 그래도 나는 직접 물어볼 용기를 기르지 못했다.

중학생 때는 아빠와 이야기를 거의 하지 않았다. 할 말이 없었다. 매번 퀴즈를 맞히듯 비위를 맞춰야 하는 아빠와 이야기하는 게 피곤해서 대화를 잘 나누지 않았으니까. 아빠와 이야기할 때면 확실히 아빠는 나를 모르고 나 또한 그렇다는 걸 알게 된다. 아빠는 단 한 번도 내가 이야기하고 싶었던 주제를 먼저 꺼내는 데 성공한 적이 없다. 아빠가 보통 나의 부족한 예의와 공부 시간과 체력을 지적하면, 나는 각진 아빠의 화법을 지적하는 식이다. 어느 정도 자라고 나서는 감정 소모를 최소한으로 줄이기 위해 최대한 가볍게, 장난스럽게, 재빨리 수습할 수 있는 선까지만 말했다. 폄훼당할까 봐 진심을 내보이기는 싫고 말하지 않아도 나를 알고 인정해주면 좋겠는 상대. 아빠는 그랬다.

10월 8일. 서울 서초동 거리를 달리는 차 안에서 아빠가 잠시 머뭇거리다 "상황이 변한 게 없으니 너는 마음을 굳게 먹으면 되는 거야"라고 말했다. 아빠는 어떤 반응을 바랐던 걸까. 나는 아빠가 바라는 반응은 고사하고 솔직하게 반응하지도 않았다. 당시의 일기장에는 "나는 아빠가 방어기제를 작동시켜 언성을 높이는 것을 피하고 싶었기 때문에 '그럼요' 따위의 대답을 했다"고 적혀 있다. 사실은 화가 났다. 상황이 변하지 않는다니, 대체 어떤 상황이? 상황이 변하지 않을 리 없는데 아빠는 변한 게 없다고 말하며 고집스레 내 병을 부정하고 있었다. 아빠가 인정한 건 병의 이름뿐이었다. '어쩌면', 아빠는 힘든 시간을 보내는 딸에게 위로가 되어주고 싶었을 것이다. 감정을 어떻게 전달해야 나에게 닿을지 고민했겠지. 다만 내가 바랐던 건 속내를 짐작해야만 하도록 만드는 말이 아니었다. 마음가짐에 대한 조언도 아니었다. 병을 묵묵히 견디고 있는 것에 대한 칭찬과 격려였을 뿐이다.

아빠와 '대화'를 나눈 이후로 유난히 서러웠던 날에(아빠와의 '대화'가 나를 서럽게 하는 일은 꽤 자주 있다), 계속 울어 눈이 퉁퉁 부었던 날에, 엄마는 "아빠도 위로가 필요한 사람인 거야"라고 말했다. 그 말에 모든 것이 다 납득이 되는 건 아니었다. 하지만 적어도 아빠가 의사소통에 몹시 서투른 사람일 수도 있겠다는 생각은 했다. 어쩌면, 정말 어쩌면 아빠가 나에게 했던 말이 아빠 자신에게 하고 싶었던 말이었을지도. 딸이 아픈 건 아빠에게도 시련이었을 테고, 위로가 필요하고 굳게 마음을 먹어야 하는 이는 아빠 자신이었을 것이다.

아빠는 아침마다 날 학교에 데려다준다. 그리고 다시 데리러 온다. 병원에도 데려가고, 접수를 해주고, 수납을 해주고, 걷기 힘든 나를 대신해서 약국도 다녀와준다. 감사하고 감사한 일이다. 엄연히 일이 있고 만날 사람이 많은 아빠가 나와 함께 있어준다는 게 얼마나 어려운 일일지 알고 있다. 그럼에도 불구하고 가끔씩은 병을 진단받기 이전 아빠에게 학원에 데려다 달라고 말했을 때, 기름값을 내라는 아빠의 농담에 크게 상처받았던 일이 떠오른다. 은혜를 입으면 그전의 감정에 휘둘리지 않고 그것만 생각하고 싶은데 말이다. 엄마 말처럼, '원수진 일은 모래에 새기고 고마운 일은 바위에 새기고' 싶은데 그게 잘 되지 않는다. 나의 사사로움을 어찌할 수가 없다. 싫다고 밉다고 생각할 때 '그래도 아빠가 나한테 이렇게 해주는데'라고 생각할 수 있는 일들이 점점 쌓이면, 다른 사소함은 모두 덮어버릴 정도로 그런 순간들을 쌓으면, 아빠의 이름이 바위에 진하게 새겨질 수 있을지도 모른다.

어제보다 조금씩
나아지는 일

프라이팬에 녹아 눌어붙은 치즈, 햇살 따사로운 날의 뚱뚱한 고양이, 그리고 나. 우리는 몸을 바닥에 붙이고 늘어진 모습이 닮았다. 내 언니와 동생 그리고 어릴 적부터 함께 자란 사촌 동생들은 어디에서든 뛰어노는 것을 좋아한다. 하지만 내 피에는 게으름이 흐른다.

아파트 단지 화단에 둘러쳐 있는 회양목 사이사이로 벌들이 부지런히 오간다. 울타리로 쓰는 관목에도 꽃은 핀다. 화사한 색깔이 아니고 크지도 않아서 사람들의 눈에는 잘 띄지 않지만 벌들은 그런 꽃들도 빼놓지 않는다. 사람들은 겨우내 움츠렸던 관절에서 뚜둑뚜둑 소리를 내며 하천가 산책로를 메우기 시작했다. 다들 어떻게 운동을 결심할 수 있는 걸까? 이제는 운동할 시기라고, 봄이 찾아와 속삭였나.

얼마 전, 소아 류마티스내과 교수님을 만나 진료를 받았다. 가족들은 의사 선생님에게 "얘 운동해야겠지요?" 하고 자꾸 물었다. 내 병은 전신 혈관에 염증이 생기는 병인데, 특히 심장에서 팔 쪽으로 나가는 대동맥이 염증으로 좁아져 있다. 다른 사람보다 쉽게 숨이 차고 유산소운동을 하면 손발이 차가워진다. 다들 나에게 체육수업 못 해서 어떡하냐고 묻지만, 나는 한편으로는 체육수업을 빠질 수 있는 핑계가 생겨서 좋기도 하다. 의무적인 운동이 나에게만 예외로 의무적이지 않게 된 것이 나쁘지 않았다. 의사 선생님은 운동을 강요하지 않았다. 하지만 한숨을 내쉬며 말했다.

"하는 게 좋긴 한데, 운동이라는 것은 결국 본인 의지니까요…."

봄은 익숙한 새로움의 계절, 환기의 계절이다. 겨우내 구석구석 한 자리씩 차지하고 있던 엉덩이 무거운 먼지를 몰아내고, 방 안의 묵은 공기와 아직 볼을 차갑게 스치는 봄바람이 자리를 바꾼다. 우리 집도 창고를 정리했다. 오래된 신발, 아무에게도 맞지 않는 헬멧, 그리고 인라인스케이트. 언니가 오랫동안 창고에 묵혀 있던 인라인스케이트를 들고 "이걸 타러 나갈 거야"라고 말했다. 무심코 나도 타겠다고 했다. 난 인라인스케이트를 탈 줄 모르지만, 언니는 여섯 살 때쯤 제대로 배운 적이 있어 가르쳐주기로 했다. 귀찮아할 줄 알았는데 선뜻, "네가 스스로 운동을 배울 생각을 하다니 감격이다"라고 말했다.

집 앞 하천을 따라 조성된 산책로를 걸어 인라인스케이트장에 갔다. 헬멧을 쓰고 무릎 보호대와 팔꿈치 보호대, 손목 보호대를 챙겨 찼다. 과정은 스키 타는 법을 배울 때와 비슷하다. 우선 잘 넘어지는 법부터 배운다. 어떻게 실패하는지 알아야, 다시 도전할 기회를 만들 수 있기 때문이다. 첫날에는 어떻게 넘어져야 하는지, 그리고 무릎을 잡고 둥글게 항아리 모양을 만들며 타는 법을 배웠다. 반년가량 바닥에 눌어붙어 있었던 대가로 근력을 잃었기 때문에 서두르지는 않았다. 둘째 날에는 눈보라가 간헐적으로 몰아쳐 발을 돌려야 했고, 셋째 날에는 발을 번갈아가며 뒤쪽 사선으로 밀면서 타는 법을 배웠다. 언니가 앞에서 옆에서 그리고 뒤에서 끌고 지켜보며 밀어주었다. 그다음 날부터는 체력이 허락하는 만큼 인라인스케이트장을 둥글게 돌며 탔다. 그렇게 일주일, 탈 줄 안다고 말하기에는 아직 속도를 빠르게 내지 못하고, 허리를 숙이고 없는 근육을 쥐어짠 탓에 허리가 아파 오래 타지도 못했다. 하지만 내 의지로 운동하겠다고 말했고, 말하는 데서 그치지 않았고, 사흘 만에 그만두지도 않았다.

스스로 운동하겠다고 말하는 기염을 토하고 일주일 이상 실천했지만, 운동은 여전히 지루하고 의무적인 것이다. 그런 이미지를 버리고자 줄넘기, 수영, 검도, 킥복싱 등 종목을 가리지 않고 다양하게 시도해봤던 역사가 16년이다. 곧바로 운동이 좋아질 리가 없었다. 그래도 인라인스케이트를 타면서 몸의 회복 정도를 스스로 점검할 수 있었다. 퇴원 직후에는 집에서 도보 5분 거리에 있는 병원에 가는 것조차 버거웠다. 하지만 운동하면서 어제보다 조금씩 더 오래 움직이는 오늘이 있다는 것을 확실히 체감할 수 있었다. 운동은 알려줬다. 내 몸이 아주 기특하게도 나아지려고 노력한다는 것을.

어린이병원이라는 세계

병원에 가는 날을 예약해놓으면 며칠 전부터 마음이 싱숭생숭하다. 처음 가는 것도 아니고, 이제 병이 안정기에 접어들어서 나름 정기적으로 병원에 가는 건데도 그렇다. 신경이 곤두서서 그만 예사로 넘길 만한 말들에도 쉽게 상처받고 공격적으로 나가게 된다. 내 신경뿐만 아니라 주변 사람들의 신경도 같이 건드린다. 아빠가 짜증을 낼 때까지 아빠를 계속 부르고, 대체 왜 그러냐며 되물으면 "○월 ○일에 나랑 병원 가야 해요"라고 말하는 것을 여러 날 반복하는 식이다.

대형 병원 두 곳을 정기적으로 다닌다. 집에서 도보로 5분 거리에 있는 대학병원에는 2주에 한 번 다니다, 지난 1월부

터는 한 달에 한 번 다니게 되었다. 차를 타고 한 시간 정도 가야 하는 혜화동의 서울대병원은 이제 세 번째 진료를 앞두고 있다. 병원에 가면 소아청소년과에서 진료를 받는다. 내 또래로 보일 만큼 큰 아이는 드물다. 대부분 갓난아기부터 내 허리께까지 오는 어린아이다.

진료에 앞서 나는 늘 채혈 검사를 받는다. 채혈이 잦은 탓에 혈관이 숨어버려서 팔꿈치 안쪽에 주삿바늘을 꽂을 만한 혈관을 찾기까지 걸리는 시간이 점점 늘어난다. 주변에는 안내나 수납 창구처럼 일렬로 조성된 서너 개의 창구에서 팔을 내밀고 있는, 나와 비슷한 처지의 아이들이 있다. 집 앞 병원에선 우는 아이들을 많이 보았다. 몸을 이쪽저쪽 비틀며 "맛있는 거 먹으러 간다며, 아픈 거 아니라며!" 하고 병원이 떠나가라 떼쓰는 아이들과, 달래느라 진땀을 빼는 보호자들을 봤다.

그런데 서울대병원 희귀난치센터 어린이병원의 채혈실은 조용했다. 갓난아기를 제외하고는 주삿바늘을 피하며 우는 아이가 거의 없었다. 동네 소아과, 근처 대학병원을 거쳐 서울대병원에 와야 할 만큼 큰 병을 앓는 동안 혈액검사는 예삿일이 되었다. 아이들은 무덤덤하고 익숙한 얼굴들로 팔을 내밑

긴 채 앉아 있다. 안내에 따라 채혈한 부위를 꾹 눌러 지혈하면서 수납하러 간 보호자를 기다릴 때도 의연한 표정이다.

진료를 기다리며 대기할 때도 나는 무료한 시간 동안 주변 사람들의 모습을 본다. 아이들은 환자복을 입고 있지 않으면 알록달록하고 말쑥하게 차려입고 있는 경우가 많다. 대조적으로 보호자들은 헝클어진 머리에 간편한 복장, 피곤하고 지친 표정으로 바쁘게 몸을 움직이는 모습을 보여준다. 다음으로 가야 할 곳을 찾아 두리번거리기도 하고, 가방에서 서류나 필요한 물건을 꺼내거나 집어넣느라 정신이 없다. 한쪽 발에는 파란 물방울무늬 양말을, 다른 발에는 아무 무늬 없는 검은 양말을 신은 사람이 간호사실 앞에서 한 손으로는 아이를 어르고 귀로는 안내를 듣고 있는 광경을 본 적도 있다. 엄마는 "애가 아픈데 어떻게 정신이 있겠니"라고 말했다. 돌보는 아이가 아프면 다른 모든 것은 우선순위에서 밀려나고, 아이가 아프지 않게 되는 것에만 집중하게 된다고.

병원의 하얀 바닥은 얼굴이 비칠 정도로 반들반들하게 잘 닦여 있다. 그 바닥 속에는 현실 속 사람들이 발바닥을 맞대고 거꾸로 서 있다. 흐릿하고 얼룩덜룩한 그림자들을 보며 나는 병원에 오가는 사람들, 그들 각자의 사연과 무거운 한 숨과 바쁜 발로부터 가장 먼 곳에 위치한 머릿속에 어떤 생각이 담겨 있을지 생각한다. 바닥 속에서 뒤집어진 세상을 살아가는 그림자들은 지금 그 사람들을 괴롭히는 걱정에서 다 벗어나 있었으면 좋겠다는 막연한 상상을 하면서.

벚나무의 성실함을 아는 사람

"일기장에 쓸 말이 없다는 건 어쩌면 삶이 아주 안정적인 궤도에 올랐음을 의미할지도 모른다. 지금의 행복이 너무도 특별하여 기록하는 것만으로도 새어나갈까 봐 두려운 마음인지도. 반면에 지금 글을 쓰고 있다는 것은, 삶이 예상 궤도에서 이탈하고 있다는 뜻이다."

일어나자마자 정확히 8시 3분에 아침 식사를 한 후 무얼 해야 할지 모르던 어떤 날 아침에 쓰기 시작한 일기는 이렇게 서두를 연다. 그제 밤에 나는 오랜만에 일기장을 꺼냈다. 성실하게 쓰기로 마음먹었지만 일주일 이상 하얀 빈칸이 지속되던 일기장. 다음 날에 병원 외래 진료가 예약되어 있어서, 병원에 다녀온 뒤 세워놓은 계획대로 시간을 알차게 보내보자는 생각이었다. 수학 문제집 두 권을 조금씩 풀고 영어 문법을 약간 정리하겠다는, 약소한 학습 계획을 세웠다. 계획을 세우는 순간 드러난 이전의 공백들을 애써 외면한 채로, 계획을 세우려고 마음먹은 나를 기특하다 위로하면서.

아침이 밝았다. 일찍 일어나 집에서 출발했다. 오전에 혈액 검사를 해놓고 조금 이른 점심을 먹었다. 점심 메뉴도 아주 계획적으로 골랐는데, 전부터 먹고 싶었던 우동이다. 맛집이라고 해서 열심히 찾아간 식당의 우동은 기대보다 단맛이 강했다.

다시 병원으로 들어가서 진료를 보았다. 또다시 두어 시간 대기한 뒤, 마지막 진료실에 들어갔다. 마지막 진료가 끝나고 나는 집에 전화를 걸었다. 검사 결과가 좋지 않았고, 의사 선생님은 당장 오늘 입원해서 집중치료를 받는 게 좋겠다고 했다.

"너를 위해 병상을 마련해놓았단다."

그렇게 된 것이었다. 한 시간 뒤 나는 환자복을 입고 7인실 침대에 앉아 있었다. 동행한 아빠도 나도 갑작스러운 상황에 많이 당혹했다. 계획이 완전히 어그러진 것도 실망스러웠다. 그러나 나쁜 것만도 아니라고 여기기로 했다. 일이 계획에서 벗어나는 게 내 잘못이 아니었고, 병원처럼 내가 '일상'이라고 여기던 데서 완전히 동떨어진 곳에 있다 보면 끊임없이 새로운 자극을 마주해서 들이쉬는 먼지 하나에도 깜짝 놀랄 만큼 기발한 생각을 떠올리게 될지도 모르는 일 아닌가.

내가 아무리 긍정적으로 생각하려고 노력해도, 주변 분위기에 아무 영향도 안 받을 수는 없는 법이다. 면회객이 전면 금지돼 보호자 한 명만 상주할 수 있는 병실은 쓸쓸했다. 주변 아픈 사람들의 분위기도 침울했다. 병원은 하루 이틀 지내며 집중적으로 치료와 돌봄을 받기에는 그럭저럭 나쁘지 않은 곳이지만, 일주일 넘게 머무르다 보면 더 이상 편하게 쉴 수 없게 된다. 나는 병원에 일주일 있으면서 매일매일, 매분 매초 집에 가고 싶다고 생각했다. 퇴원 날짜가 하루 늦춰졌다는 사실을 알았을 때는 종일 축 처져 있었다.

그래서 하루에 네 번, 여섯 시간 간격으로 혈압을 재고 약을 주러 오는 간호사 선생님들, 언제 퇴근하는지 알 수 없는 주치의 선생님, 하루 두 번 회진 오는 지정의 교수님을 보면서 놀랍다고 생각했다. 어떻게 그렇게 열성적일 수 있을까. 어떻게 연고도 없는 사람들에게 헌신적일 수 있을까. 이런 공간에서 일하며, 최소한 겉으로나마 우울해 보이지 않을 수 있을까.

퇴원하는 날, 일주일 내내 하루에 두세 번 만났던 주치의 선생님에게 이런 질문을 했다.

"어떻게 계속 이곳에 계세요?"

그날은 전공의 선생님이 간만에 집에 가는 날이었다. 그 전날도, 그 전전날도 새벽에 병실 밖으로 나가면 선생님은 자리에 있었다. 자는 시간도 없어 보였다. 아침에 들뜬 얼굴로 "이제 집에 간다"며 방문한 선생님을 붙잡고 묻기에 적당한 질문이 아니었을 수도 있다. 이미 일상이 된 일을 새삼 질문받으면 머리가 복잡해지기도 하는 법이니까, 괜한 말을 한 건 아닐까 싶었다. 하지만 선생님은 기꺼이 대답해 주었다.

"아프던 사람이 건강하게 나아서 나가는 모습을 보면 좋고, 내가 선택한 일이니까."

선택한 일. 퇴원해서 집으로 돌아가는 길에 밝은색 벚꽃이 무리지어 피어 있었다. 개화와 만개는 짧다. 벚꽃이 피기까지 긴 시간 동안 벚나무는 존재감이 덜하다. 그것은 벚나무의 선택일까. 벚나무는 건강하게 피어난 벚꽃을 보면 즐거울까. 화려하지 않고 조용한 벚나무의 성실함을 아는 사람이 되고 싶다고 생각했다.

“그림을 좋아하고 병이 있어”

아침 7시 30분에 울리는 알람을 듣는다. 눈에 안압을 떨어뜨리는 점안약을 넣는다. 세수하고 아침을 먹는다. 옷을 챙겨 입고 가방을 메고 방을 나선다. 도착지는 와이파이가 잘 뜨는 서재다. 가방을 내려놓고, 노트북을 세팅하고, 수업에 접속한다.

초등학생 때 과학 상상화 그리기 대회에서 그렸던 ‘미래의 학교’는 생각보다 멀리 있지 않았다. 온라인 개학을 했고, 나는 사이버 고등학교 학생이 되었다. EBS 강의를 활용하는 다른 많은 고등학교와 달리 우리 학교는 온라인 화상회의 프로그램을 이용한 쌍방향 소통 수업을 한다. 노트북 카메라를 통해 내 모습이 비디오로 송출되고, 다른 친구들의 모습도 실시간으로 지켜보면서 선생님의 수업을 듣는다.

내 얼굴을 보며 수업하는 건 기이한 경험이다. 거울을 계속 보면서 수업하는 것과 같다. 김영하 작가의 산문『여행의 이유』를 보면,〈알아두면 쓸데없는 신비한 잡학사전〉이라는 텔레비전 프로그램에 출연했던 것을 회고하는 부분이 나온다. 그는 본인이 나오는 촬영분을 시청하면서 '여행하는 자신'의 모습을 삼인칭으로 바라보는 경험을 아주 낯선 것으로 표현한다. 예상치 못한 각도에서 예상치 못하게 찍힌 자기 모습을 처음 보는 그 경험을. 내 경우, 원하는 각도에서 찍을 수 있는 셀프 카메라라는 점에서 삼인칭보다는 일인칭 시점으로 나를 지켜보니 김영하 작가의 경험과는 분명한 차이가 있다. 그러나 '내가 보는 나'를 타인에게 보여주는 경험은 나에게도 새롭고 무척이나 낯설다. 선택적이고 제한된 내 모습을 다른 친구들과 똑같이 공유하는 것.

그래서 한편으로 '온라인 학교'는 내가 원하는 시기에 원하는 모습을 보여줄 수 있다. 현장보다 조금 더 생각할 시간을, 여유를 가지고 말이다. 학기 시작이니만큼 여러 번의 자기소개 시간이 있었다. 나는 다른 사람들이 말하는 '평범함'

에 균열을 만들 게 확실한 병을 안고 살아가는 사람이다. 주변인에게 내 병을 알리고 그들의 배려를 받아야 한다. 온라인으로 처음 만난 친구들에게 언제 알려야 할지 시기를 재고 있었다. 우습지만, 나는 친구들을 두 번째 마주할 때도 마스크를 쓰고 있었다. 오히려 더 눈에 띄게 될 줄은 알았다. 나중에 친구들에게 물어봤을 때도, 나의 마스크를 강렬한 첫인상으로 기억하는 친구들이 많았다. 외형을 숨기려고 해서 오히려 외형으로 기억되는 모순. 하지만 그때는, 마스크를 벗고 민얼굴을 드러내는 것이 병을 드러내는 것과 동일하게 느껴졌다. 물론 오래가지는 못했다. 집에서조차 마스크를 쓰는 건 너무 답답하니까. 이 친구들은 내가 복용하는 스테로이드제의 부작용으로 얼굴이 붓기 전의 내 모습을 모른다는 사실도 떠올랐다.

그러니까, 아무래도, 언젠가는 말해야 할 일을 숨기려 애쓰고 있었다는 이야기이다. 그래서 결심했다. 어차피 언젠가 말해야 한다면, 그렇다면, 최대한 여상하고, 평범하게 말하자. 아직도 병에 충격받은 채라는 걸 드러내지 말자. 그러지 않으면 남들도 나를 충격적으로 받아들이게 될 거야. 나는 물론 충격적인 사람이지. 하지만 내 병은 충격적이지 않아.

세 번째 자기소개 때 나는 마스크를 벗고, 나의 다른 특징들을 소개하듯이, 그림 그리는 것을 좋아하고 웹툰을 즐겨 본다는 것을 말하듯이, 나에게 병이 있다는 사실을 '오픈'했다.

"나는 책 읽는 걸 좋아해. 음악은 시끄럽지 않은 걸 좋아하고, 그림을 좋아하고, 병이 있어."

이때 상황을 마주한 나의 심리는 한껏 불었던 풍선에서 바람이 '푸시시' 하고 빠지는 것과 같았다. 새 친구들은 "힘내!" 등의 반응을 보였다. 하긴 더 무슨 반응을 할 수 있을까? 갑자기 너의 아픔을 이해한다며 다가와도 당황스러울 것이 뻔했다. 잘 알지 못하는 아이들에게 무언가 극적인 반응을 기대한 것도 아니었다. 하지만 상상보다 평범하고 무난한 반응에 묘한 허탈감이 들었다. 어떤 공격이 들어올지 몰라 잔뜩 몸을 부풀린 채 경계 태세를 취하다가, 사실 그것이 지나가는 사람의 무해한 그림자에 불과했다는 걸 알아버린 길고양이가 된 기분. 병을 진단받고 가장 걱정했던 것이 혹시라도 사람들이 '아픈 사람' 이미지에 가려서 내가 정말 어떤 사람인지 봐주지 않으면 어떡하지, 하는 것이었다. 어쩌면 나를 '환자'라는 말에 가두고 나의 온갖 무궁한 가능성을 가장 먼저 재단해버린 게 나일지도 모르겠다는 생각이 들었다.

우리는 서로의 얼굴을 직접 마주하지 않고, 노트북과 컴퓨터와 같은 전자 기기를 사이에 두고 이야기를 한다. 예상한 것보다 친구들의 생각과 행동에 영향을 훨씬 덜 받는다. 그것이 장점이 될 수도 있겠지만, 사람들과 직접 부딪치고 나의 병이 실제 상황에서는 어떤 존재감을 가지는지 알고 싶다. 온라인 개학은 분명히 온전한 개학이 아니다. 나는 등교 수업을 간절히 기다린다. 몸이 힘들겠지만, 배려의 절실함을 느끼겠지만 사람들 속에서 새로운 배움을 흡수하는 날것의 공기가 그립다.

아프지 않은 사람은 없다

"나, 타카야수동맥염이라는 희귀 난치병을 앓고 있어."

내가 병을 앓고 있다고 말하면 많은 사람들이 각자의 기억 속 아팠던 경험들을 이야기한다. 자신의 것도 있고, 가까운 사람의 것도 있다. 위로해야 할 상황에 처하면 다들 자기가 겪었던 비슷한 경험들을 떠올리기 마련이니까. 지난겨울 독감에 걸려서 시험 기간에 수업을 놓쳐 속상했던 이야기부터, 어릴 적 대형 병원에 장기간 입원했던 이야기, 허리 디스크로 몇 년간 고생해온 이야기, 자신 혹은 주변에 가까운 사람들이 갑작스럽게 아파서 평생 약을 먹어야 한다는 이야기까지. 모르는 사람들은 아예 모를 법한 일들이라서 알려줄 시도조차 하지 않았을 일들이다. 나 또한 그랬다. 아는 사람들에게만 알음알음 꺼낼 수 있는 이야기들이 많았다. 그들이 넣어두고 간 이야기에는 과거의 일이라서 현재에 웃으며 말할 수 있는 것도 있었고, 아직 말을 꺼내놓는 것조차 힘겨운 기색이 역력해서 '저 사람은 지금 느끼는 감정의 일부만을 드러내고 있구나' 하고 느낄 때도 있었다. 정말이지, 아프지 않은 사람은 없었다.

조심스럽게 자신의 아팠던 경험을 먼저 공유해주는 사람들이 참 고마웠다. 그들이 말을 꺼내는 의도는 자신의 힘듦을 토로하고 무겁게 느끼던 짐을 덜어놓기 위해서가 아니었다. 그건 '희귀 난치병'이라는 인생의 큰 굴곡을 맞이해 이전과는 완전히 달라진 일상에 적응해야 하는 나를 알아주려는 의도였다. 자신의 경험에 빗대어서, 너도 이렇겠구나, 하는. 『나는 옐로에 화이트에 약간 블루』에 나온 표현처럼, 진정한 공감, 즉 '다른 사람의 신발을 신어보려는' 노력이었던 것이다. 나는 그들의 아픈 이야기를 들었다. 그들이 무슨 생각을 했는지, 얼마나 아팠는지, 그런 와중에도 어떤 이유로 행복했는지. 일상으로 여기고 지나치기도 쉬운 이야기들이었다. 하지만 나와 대화를 하면서, 서툴고 때로는 비약하면서도 솔직

한 이야기를 꺼내던 사람들이 자신들의 기억을 새롭게 발굴하던 표정을 기억한다. 여상하면서도 무언가를 떠올린 표정.

아픔과 관련된 이야기에는 신기한 힘이 있다. 같은 사람을 눈앞에 두고 있음에도 그 이야기를 듣는 순간 그와의 관계가 절대로 이전과 같지 않음을 불현듯 깨닫게 된다. 저 사람의 아픔을 알게 되었다는 사실만으로도 나눌 수 있는 이야기의 결이 달라진다. 배려해줄 수 있는 범위가 훨씬 넓어진다. 이후 나에게 해주는 행동과 말에 밴 배려를 더 기민하게 알아차릴 수도 있다. 내 상처에 대해 배려받으리라는 희망이 생겨서, 그 사람과 함께 있을 때 그 상처에 대해 불안해하지 않고 안전하다고 느끼게 된다. 그 안정감은 소통에서 거리감을 줄이는 데 큰 역할을 한다.

아프면서 가끔 환자라는 위치가 참 편리하다고 느끼는 경우가 있다. 고통에 관한 이야기를 함께 나누면서 전에 느꼈던 벽이 허물어지는 느낌이 들 때. 혼자가 아니어서 외롭지 않고 다른 사람이 아픈 것을 알아주는 역할을 할 수 있다는 생각이 든다. 사람은 모두 아프다. 아픈 경험을 기억하며 살아간다. 대화는, 사람들이 그토록 부르짖는 공감은, 많이 아프고 상처받고 주저앉아 우는 고통을 나누는 데에서 출발한다. 자신의 고통을 예삿일로 여겨 당연하다고 생각하거나 세상에서 가장 비극적인 것으로 평가하지 않고, 그때 어떤 감정을 느꼈는지, 떠올렸던 건 뭐였는지 구체적으로 말하면서 시작한다. 그리고 그것을 남을 알아주기 위해서 사용할 때, 그때야 비로소 정말로 '공감'을 해냈다고 말할 수 있지 않을까.

메이저 레이저Major Lazer의 노래 〈콜드 워터Cold Water〉에 이런 가사가 나온다.

> "난 널 놓지 않을 거야 I won't let go 내가 오늘 밤 너의 생명줄이 되어줄게 I'll be your lifeline tonight".

너무 아픈데 아무도 나의 아픔을 알아주지 못한다는 생각에 사무치게 외로웠던 밤도 있었다. 나는 왜 혼자 이렇게 아플까, 참 불쌍하다, 하는 덧없는 자기 연민에 쓸려 내려가도록 스스로를 내버려두었던 날의 눈물도 아릿하게 기억에 남아 있다. 사실 내 이야기를 들어줄 사람이 절실했다. 주변에 잘 들어줄 사람이 없었던 것이 아님에도 당시에는 마음이 너무 너덜너덜해서 나의 너절함을 감추기에 급급했다. 시간이 조금 흘렀다. 그때 힘들었다는 이야기를 하고 고개를 끄덕이는 사람을 보았을 때, 내가 혼자 아파하는 것을 알아주는 사람이 있다는 사실에 위로받았다. 혼자 아프지 않도록 구명줄이 되어주는 사람, 그런 사람이 되고 싶었다. 아픈 이야기를 들었을 때 그런 사람이 된 것 같아서, 기쁜 마음이 조금 들었다.

아픈 나도 나였으므로

초등학교, 중학교를 다니면서 상위권 성적을 유지했던 나는 성실한 편이었다. 알파벳으로 나뉜 성취도 절대평가에서 A만 받다가, 병을 진단받고 병원을 다니고 입원하고 증상이 몰아쳐 일상이 무너진 뒤, 수업도 수행평가도 많이 놓치고 난생처음으로 B와 C로 가득 찬 성적표를 손에 쥐었다. 실패, 노력해도 불가능한 것에 대한 첫 경험이었다. 누군가는 안타까운 기색을 내비치며 "그건 네 성적이 아니야, 아팠으니까 어쩔 수 없었던 거지…"라고 말했지만 나는 안다. 그것은 내 성적이다. '아픈 나'도 나였으므로. 어쩔 수 없었어도 내 것이 아니라고 말하고 도망칠 수 없다. 그렇다면 남은 것은 받아들이는 일뿐인데, 그것은 오래 걸리고, 또 마음이 아픈 일이었다.

중학교 3학년 2학기 중간고사는 입원해 있느라 아예 보지 못했고, 그나마 기말고사를 보러 학교에 갔다. 나는 시험 준비는 고사하고 그 내용이 출제되는 수업을 거의 듣지 못했기 때문에 기본 지식으로만 시험을 봐야 했다. 많이 찍었고 전체적으로 한 번도 받아보지 못한 점수를 받게 됐다. 그런데, 국어와 도덕 점수가 높았다. 국어는 지문에서 출제되니까 그럴 수도 있다. 하지만 도덕은… 나보다 훨씬 열심히 공부한 아이가 많았다. 더 많은 시간을 투자한 것은 물론, 내가 놓친 수업을 들었으니 시험 점수가 나보다 앞설 수밖에 없었다.

시험에 출제된 내용을 제대로 알지 못하면서 받은 좋은 점수가 부끄러웠다. 회의감이 들었고, 우습고도 슬펐다. 우리가 그토록 목매던 좋은 시험 점수, 그것은 대체 뭘까? 그건 우리를 평가하는 최전선의 잣대였다. 어떤 어른은, 아니 우리도 가끔은 서로, 시험 점수 하나로 우리의 성실함과 지능, 멀리는 가능성까지 판단했다. 내 사정은 모르고 도덕 점수만 아는 사람은 나에게 "좋은 성적을 얻었구나, 축하한다, 시험 공부를 열심히 했구나"라고 말할 거였다. 그 너머의 진실이 무엇이든지 간에 말이다. 그렇다면, 어쩌면 시험 점수가 나타내는 건 우리의 극히 일부가 아닐까? 아주 많은 변수에 좌우되는 그런 것 아닐까?

책 『꽃들에게 희망을』에서, 탑을 오르는 애벌레들이 꼭대기로 갈수록 품으면서도 서로 쉬쉬하는 의문이 있다. '어쩌면, 저 위에는, 아무것도 없을지도 몰라, 그렇다면 이 위로 올라오고자 노력했던 다른 수많은 애벌레들은? 여기까지 올라오고자 몸부림쳤던 나의 시간은, 그동안 받았던 나의 상처는…' 인정하기에는 너무 잔인한 현실이라서 다들 모른 척했던 것은 아닐까?

시험 점수는 우리의 지극히 일부만을 담고 비춘다. 우리는 그것으로 전체가 평가되기에는 아주 무한한 가능성을 품고 커다란 미래를 꿈꾸는 존재다. 물론 등급으로 나누는 것처럼 동일하고 협소한 잣대로 평가를 마치면 편리하다. 한 아이가 걸어온 시간을 깊게 생각하지 않더라도 숫자만 보고 판단을 끝낼 수 있다. 하지만 동시에 오류를 범하기 쉽고, 잔인하며, 폭력적이다. 아이들의 시선을 한곳에 고정하고 다른 길은 없다고 귓가에 대고 끊임없이 속삭이는 거다. 좌절을 맛본 뒤

딛고 성장하는 것이 어려워지도록. 나 역시 병에 걸리고, 그간 쌓아온 공든 탑이 무너졌다며 절망해서 다시 일어나기까지 아주 오래 걸렸을 수도 있었다. 그렇게 생각하면 아찔해진다.

내 위치를 나타내는 지표라고 믿었던 것, 성적이 너무나도 쉽게 무너지는 것을 보면서 내 앞에 있는 세상이 꼭대기만 보고 올라가는 좁은 계단으로 이루어진 종탑이 아니라 평원일지도 모른다고 생각했다. 좁고 높은 탑을 올라가는 무리에 합류하려다가, 병이라는 거대한 망치가 탑을 부숴버리고야 비로소 내 앞에 평원이, 바다가, 산이, 강물이 있다는 사실을 알게 되었다. 그럼에도 주변의 다른 모든 애벌레들은 계속해서 탑을 오른다. 그 모습을 보면 공연히 탑에 대한 미련이 남는다. '나도 한 번은 꼭대기에 올라봐야 하는 것 아닐까?' 그 탑이 오히려 나의 시야를 가릴 뿐이라는 것을 이미 아는데도 불구하고 말이다. 성적, 숫자로 매겨지는 등급, 그것이 얼마나 제한적이고 무의미한 것인지 몸소 체험한 내가 그러한데 탑을 아예 부수어버리는 것은 분명 불가능에 가까울 것이다. 하지만 나는 많은 친구들이 세상에 다른 사람들을 짓누르고 오르는 꼭대기만 있는 것이 아니라는 사실을 알아주었으면 좋겠다. 그렇게 할 수 있도록 도움을 주고 싶다.

나를 약쟁이라
놀리는 언니

나와 언니는 하루가 멀다 하고 싸워대던 시기를 거치며 내 나이만큼의 햇수를 함께한 역사가 있다. 언니가 고등학생이 된 뒤에는 학교생활이 너무 바빠 마주치는 시간이 점점 줄었다. 서로 물리적 거리가 생기니 멀리서 바라볼 여유가 생긴 것 같다. '쟤 왜 저래?'보다, 그냥 '아, 쟤는 저렇구나' 하고 받아들이는 법을 배웠다고도 할 수 있겠다. 관심이 덜해진 것 아니냐고 묻는다면 할 말이 없지만.

내가 병을 진단받은 2019년 9월, 언니는 수능을 두 달 앞둔 고3이었다. 그즈음 나는 병원을 자주 다녔다. 밤 열 시쯤, 거의 매일 아빠 차를 타고 언니를 데리러 갔다. 그날의 새로운 소식(알고 보니 문제가 있는 부분이 신장이 아니라 심장인 것 같대 등)을 짧게 이야기하고 언니의 평범한 일과에 대해 듣는 것이 좋았다. 여러 해 동안 계속 이야기를 들어온 언니 친구들은 성격과 행동이 눈앞에 그려질 만큼 친숙했다. 어떤 상황이었겠구나, 어떻게 반응했겠구나, 정말 그 언니(혹은 오빠)답다, 이런 내용을 상상했다.

나에게 직접적 영향을 줄 수 없는 사람들의 일상을, 언니를 통해 엿본다는 사실이 재미있었다. 온종일 내 몸의 문제를 알려주는 사람들 틈바구니에 있다가 언니의 특별할 것 없는, 내가 반쯤 아는 사람들이 만들어낸 작은 사건들로 가득한 하루에 대해 들으면 긴장이 풀렸다. 온통 잿빛이고 너무 심각하던 내 주변 공기가 알록달록한 현실의 총천연색으로 물드는 기분. 점점 지치고 외로워지는 내 몸에 언니의 말들이 스며드는 것 같았다. 그런 이야기를 한 보따리씩 챙겨주는 언니를 기다렸다.

병원에 줄기차게 다닐 때도, 진단명이 나왔을 때도 언니는 안절부절못하며 걱정하는 티를 내지 않았다. 내 수축기 혈압이 160~210 정도를 웃돌 때도 "채윤이 혈압이 키면 농구선수 하겠다, 채윤이 혈압이 키면 배구선수 하겠다"며 운율에 맞춰 노래를 개사해서 불렀다. 내가 약을 한 움큼씩 먹을 때 주변의 "아이고… 고생이 많구나" 하는 반응 속에서도 언니는 독보적으로, 익살맞은 어투로 "약쟁이!" 하고 외쳤다. 덕분에 유쾌하게 넘길 수 있었다. 그래, 맞아. 내 몸에 이상이 있지. 어쩌면 심각한 일일지도 몰라. 하지만 그것 때문에 내가 반드시 우울함에 잠겨 있어야만 하는 건 아니구나! 병은, 아픔은 내 즐거움을 막을 수 없었다. 내가 '난 아파서 이것도 못하고 저것도 못해' 하며 절망할 수도 있었지만, 그렇다고 내가 반드시 절망에 짓눌려 있어야 하는 것도 아니었다.

나는 여전히 언니와 시답잖은 농담을 주고받으며 웃을 수 있다. 이제는 아픔조차 웃음 소재로 나눌 수 있다. 물론 그것은 언니와 내가 많은 시간과 감정과 정서를 공유해서 서로를 충분히 이해한다는 걸 안다는 사실을 전제로 한다. 언니는 나를 걱정할 수밖에 없을 만큼 나와 가까운 사이고, 내가 아프다는 사실에 많은 영향을 받는다. 병 자체와 약 부작용 때문에 생활에서 나를 고려해줘야 할 상황이 많아진 것, 대부분의 심부름에서 내가 열외가 된 것, 부모님 관심이 나에게 더 기울어지게 된 것(이건 다소 즐기는 것도 같다) 등 변한 게 많아서 미안하기도 하다.

나는 아프기 전에도 후에도 변함없이 언니의 동생이었다. 대화를 나누면 서로 너무 잘 알아서 편하고, 가끔 투덕거리며 다투는. 우리 언니는 나에게 그 사실을 끊임없이 알려주는 사람이다. 내가 부탁하면 조금은 짜증 내면서라도, 몇 번이고 반복해서 알려줄 사람이다. 필요한 만큼 진지하고 단호한 어조로. 그 사실이 너무 고마워서 가끔 생각한다. 내가 누군가에게 언니가 나에게 가지는 의미만큼의 크기를 차지하는 사람이 될 수 있을까, 하고.

마음이 예뻐야 예쁜 글씨를 쓴다?

내가 좋아하는 책 『츠바키 문구점』에서는 주인공 포포가 대필업을 한다. 어렸을 때부터 선대에게 아름다운 글씨를 쓰는 법을 강박적으로 배워온 포포는 그를 떠나지만, 결국 선대가 운영하던 문구점으로 돌아와 글을 대신 써주는 일을 한다. 선대와는 다르게 컴퓨터에 초고를 작성하지만, 선대와 같이 상황에 어울리는 종이를 고르고 펜을 골라서 상대방의 마음이 되었다고 생각하고 글을 쓴다. 내가 그라면, 어떤 글씨로 어떤 글을 쓸까.

이 책에서는 '마음이 예뻐야 예쁜 글씨를 쓴다'라는 관념을 정면으로 반박하는 사람이 등장한다. 연꽃 같은 품위와 외모를 가지고 있지만 글씨는 아주 악필이어서 포포를 찾아 온 사람이다. 글씨는 마음의 거울이야, 라는 말을 많이 듣고 자란 나는 이 부분이 충격적이었다.

한글을 떼고 나서, 한글 글씨를 또박또박 쓰는 것을 연습했다. 글씨를 예쁘게 쓰지 않거나 연필을 이상한 모양으로 잡으면 할머니가 옆에서 효자손을 탕탕 내려치며 "어여 다시 써!"라고 하셨다. 그러면 지우개로 지우고 다시 써야 했다. 글씨를 쓰는 것, 하고 생각하면 사실 한글보다는 한자가 더 생각난다. 엄마는 나에게 한자를 가르쳤다. 『추구推句』라는 한자 시구 책을 보고 모르는 글자를 배우면서 네모 칸에 꼭 맞게 글씨를 썼다. 엄마는 볼펜이나 샤프펜슬로 글씨를 쓰는 걸 엄격하게 금지했었다. 포포의 선대가 그랬듯이, 연필로 써야 예쁜 글씨를 쓰도록 손에 힘을 기를 수 있다고 했다. 집에 있던 간이 트램펄린에 책을 펴두고 앉아 한자를 쓰던 것이 생각난다. 안 그래도 낯선 한자를 한 획 한 획 그리듯이 써야 하는 것이 성가셔서 온몸이 다 근질근질할 지경이었는데, 트램펄린 바닥의 오돌토돌한 요철이 종이에 배기면 글씨가 이곳저곳으로 휘어지는 게 짜증이 나서 울면서 글씨를 쓰기도 했다.

한자를 더 이상 배우지 않게 되었을 때에도 글씨를 예쁘게 쓰는 것은 나의 소소한 관심사 중 하나가 되었다. 초등학교에 들어가서부터 여자아이가 글씨를 예쁘게 쓰는 것은 당연했다. 환심의 대상이 되기도 했다. 그리고 무엇보다 나는 정돈된 학습지와 가지런한 노트를 좋아했기 때문에 줄이 올라가거나 크기가 들쭉날쭉해지지 않도록 신경 써서 쓰곤 했다. 주변에 나보다 글씨를 잘 쓰는 사람은 널려 있었고, 나 또한 강박적으로 그들보다 잘 쓰려고 하지는 않았지만 말이다.

지금에 와서 비로소 수업을 따라잡기도 힘들다고 느끼게 되자 글씨를 예쁘게 쓰는 것보다는 더 빨리, 많이 쓰는 것이 나의 관심사가 되었다. 생각의 속도를 연필이 따라잡지 못했다. 문장 하나를 쓰는 동안 기껏 해놨던 생각이 날아가버리는 게 아까웠다. 컴퓨터로 쓰면 더 빨리 쓸 수 있기 때문에 급한 메모나 필기만 종이에 하게 되는 일이 잦아졌다. 여전히 일기는 종이에 쓰는 것을 철칙으로 삼고 있지만 말이다.

읽는 책마다 유연하게 생각이 바뀌는 '팔랑눈'의 소유자인 나는 더 이상 글씨가 마음의 거울이라고 생각하지 않는다. 여유가 있는 사람들은 예쁘고 바른 글씨를 쓸 수 있지만 그

뿐이다. 손 편지에 감동과 울림이 있다곤 해도, 진심을 전하는 방법이 그것뿐인 것은 아니다. 예쁘게 나오는 폰트도 많고, 정 여의치 않다면 드물지만 포포처럼 대필업을 하는 사람을 찾아가면 그만이다. 그래도 '글씨를 쓰는 행위' 자체에 요가를 하거나 기도를 하는 것처럼 마음을 모으는 무언가, 명상에 도움을 주는 무언가가 있다는 건 사실인 것 같다.

외할아버지는 교직에서 은퇴하시고 농사를 짓고 서예를 하며 지내신다. 가족 중 아무도 그걸 우습게 보지 않는다. 벽에 글씨를 새까맣게 채워 붙여 '까마귀를 그린다'며 아내와 농담을 하고 놀았다는 민옹처럼, 외가댁에 가면 할아버지의 글씨가 벽에 붙어 있다. 지금 내 책상 앞에도, 내가 글을 쓰기 시작할 때 할아버지가 써주신 '다작多作, 다독多讀, 다사多思'의 글귀가 붙어 있다. 할아버지의 글씨가 할아버지 마음의 거울인 것은 아니지만, 둥글게 뭉친 글자의 시작마다, 가볍게 삐친 글자의 끝마다 할아버지의 손길이 있다. 글씨는 마음이 아니라 손길이다.

나는
대안형 혁신학교에
다닌다

나는 대안형 혁신학교에 다닌다. 이 이야기를 어떻게 해야 할지 고민을 많이 했다. '보편성'이라는 말을 믿지 않는다. 세상에 보편적인 것이 어디에 있단 말인가? 나는 한 번도 보편적이었던 적이 없다. 내가 바라보는 나는 늘 어떤 행동을 하는 데에 나름의 이유가 있었고, 그 이유를 가지게 된 배경이 있었고, 그게 다른 사람들과 정확히 같았던 적이 없다. 그럼에도 불구하고 이 이야기를 해야 할지, 어떻게 할지 고민을 하면서 나는 내가 너무 '보편적'이지 않은 것은 아닐까? 하는 걱정을 했다. 다른 사람들이 내가 생각하고 말하는 것을 보고 '쟤는 대안학교를 다녀서 저럴 수 있는 거야'라고 판단해서 거리감을 느낄 것 같았기 때문이다. 또 내 생각들이 너무 이상적이거나, 비현실적일 거라고 지레 판단해버릴까 봐 겁났다. 사실 나 자신이 그랬었다. 나는 분위기가 전혀 다른, '입시 중심적인' 중학교를 다녔기 때문이다.

중학교 1, 2학년 때 선생님들은 3학년만 되면 아무도 너희를 건드리지 않을 것이라고 말했다. 그때가 되면 지금 공부하지 않고, 독후 기록을 성실히 작성하지 않고, 스터디 플래너를 작성하지 않은 그 모든 것들을 후회하게 될 것이라는 엄포와 함께. 선생님들이 말하는 '후회'는, 중학교 3학년 때만 찾아오는 것은 아니었다. 지금 공부하지 않으면 고등학교 때 후회할 거야. 대학교를 졸업하고, 취업해야 할 때도 후회할 거야. 살아가면서 평생 후회할 거야. 나는 겁에 질렸다.

매일 점심시간이면 각종 학교에서 입시설명회를 위해 졸업한 선배들이 찾아왔다. 주변의 고등학교에는 '모교 방문의 날'이 있었고, 대부분의 선배들은 그날 중학교에 와서 자신이 그 고등학교에 가기 위해 어떻게 준비했는지 이야기했다. 대부분 허울 좋고 비현실적인 이야기였다. 개중 어떤 학교는 '전문가' 학생들을 모집한다고 이야기했다. 어떤 분야에 '전문가'가 된 학생을 뽑는다고 했다. 하지만 어떻게 그럴 수 있겠는가? 그 학교에서 요구하는 내신 수준을 맞추려면 학원에서 살다시피 해야 하고, 남는 시간에는 그 학원 숙제를 해야 할 텐데. 왜 학생들을 가르치는 곳에서 완성된 학생을 뽑는지. 지금 다니고 있는 고등학교에 지원하기로 결정한 것도 같은 맥락에서였다.

지원서를 내기 위해 자기소개서를 써야 했다. 지금 다니는 학교의 자기소개서에서는 이 학교를 선택한 이유를 물었다. 반대로 마지막까지 고민했던 다른 학교에서는 '우리 학교가 지원자를 뽑아야 하는 이유'를 물었다. 나를 뽑아야 하는 이유. 나머지 질문은 모두 성적에 대한 것들이었다. 그 질문을 읽고 이 학교에 들어간 후의 미래가 보였다. 내가 열심히 하지 않으면, 좋은 성적을 내지 못하면, 학교에서는 날 포기할지도 모른다. 날 뽑았을 때의 이유가 사라진 것이니까. 그 학교에 들어가면 학교는 날 '뽑아준', 시혜적인 입장이 되고 나는 황송한 마음으로 매일매일 학교에 다녀야 하는 걸까? 내가 원하는 건 그런 게 아니었다. 학교 공동체의 한 사람으로서 존중받고 나와 함께 성장할 학교를 원했다. 지금 돌이켜보면, 그 학교를 마지막까지 고려했던 것 자체가 참 웃긴 일이라는 생각이 든다. 인권과 사랑, 평화, 정의와 같은 가치에 대해서 말하지만 결국 입시나 성적이 나의 모든 것을 결정할 것이라고 믿고 있었기 때문일 것이다.

지금의 고등학교에 온 것을 후회하지 않는다. 단 한 가지, 학교에 기숙사가 없다는 것이 아쉽다. 기숙사에서 지내보고 싶었는데 그러지 못하게 되었다는 점 정도. 코로나 때문에 집에서만 수업을 해야 했던 작년에는 후회를 하기도 했다. 다른 친구들이 모두 가는 학교에 갔더라면 아는 친구들 사이에서 외롭진 않았을 거라고. 하지만 엄마는 만약 내가 그랬더라면 한 학기를 채 견디지 못하고 자퇴했을 거라고 했다. 그 말도 일리가 있다. 우리 학교는 입시 지향적이지 않은 분위기를 띠고 있다. 그래서 병 때문에 성적 관련해서 많은 것을 포기해야 했을 때 마음 편하게 내려놓을 수 있었다. 주변의 분위기가 대놓고 성적에 목숨을 건다거나 경쟁이 과열되지 않았다 보니, 마음을 훨씬 여유롭게 가질 수 있었던 것 같다. 학교에서 만난 친구들 중에는 연기를 하는 친구도, 민주적인 가치와 대안적 교육에 대해 고민하는 친구도, 시를 쓰거나 노래를 만드는 친구들도 있었다. 중학교에서 본 친구들보다 훨씬 생기 넘쳤다. 성적에 매몰된 사회 분위기가 피해

가는 꽃밭은 아니었지만, 경쟁적인 분위기가 조금 덜어지기만 해도 훨씬 여유를 가질 수 있다는 걸 확인할 수 있었다.

체육 시간에 원반던지기 경기를 했을 때의 이야기다. 잘하는 친구도 그렇지 않은 친구도 있었다. 나도 함께 뛰었다. 친구들이 나 때문에 화를 낼지도 모른다고 생각했다. 잘하기는 커녕 제대로 뛰지도 못하는 나를 눈엣가시로 여길지도 모른다고. 하지만 친구들은 나를 소중한 전력으로 대해줬다. "채윤이가 들어오니까 한시름 놓았어!"라고 말해줬다. 우리나라에서 학교를 다니면서, 진짜 스포츠맨십을 느껴볼 수 있는 여자아이가 몇이나 될까? 중학교 때 성적으로 들어가지 않는 부분의 체육 활동을 할 때는 늘 그늘에 앉아만 있던 친구들이 생각났다. 경기에 참여하고 싶어도, 그러기 위해서 연습하려고 해도 친구들이 모두 앉아 있어서 슬그머니 엉덩이를 붙여야만 했었다. 경쟁심을 조금 덜어놓기만 해도 우리가 얼마나 더 진심으로, 그리고 자주, '우정'에 대해서 이야기할 수 있는지 겪어보면 놀라지 않을 수 없을 것이다.

그리고 무엇보다 '아픔을 대하는 법'을 함께 고민하는 친구들이 있다는 점이 나에게 정말 큰 도움이 되었다. 다른 친구의 약점이나 사정을 함부로 말하지 않는 것. 진심으로 듣고, 내가 해줄 수 있는 것이 무엇일까 고민하는 것. 모두 도덕 교과서에 실릴 법한 이야기들이다. 경청과 공감의 태도로서 당연하게 말하는 것들이기도 하다. 그렇지만 이곳처럼 그런 가치들이 당연하게 지켜지는 곳을 본 적이 없다. 우리 학교의 누군가는 학교에서 아주 깊은 상처를 받아서 나의 생각에 동의하지 않을 수도 있다. 이곳은 '완벽한' 공동체가 아니니까. 하지만 적어도 이곳에서 지내는 다수의 사람들이 어떻게 해야 문제에 '공감하고', 소수의 목소리에 '귀 기울이고', '평화적'으로 문제를 '해결'할 수 있을지 고민하는 건 맞는다고 생각한다.

병자로서 살아가는 것은 그간 유지되어왔던 나의 정체성이 후순위로 밀리는 일이다. 나의 경우, '학생'으로서의 자아보다 '환자'로서의 자아가 우선될 때가 많았다. 그리고 그것에 적응하는 것도 쉽지 않았다. 아프지 않았던 중학교 때와 아팠던 고등학교 때. 지향한다고 생각했던 목표에 더 가까웠던 건 중학교 때였다. 그때는 몸의 '기능'이 지금보다 나았으니까. 하지만 추구하는 가치를 현실과 잇는 과정에 있는 건, 지금이다.

머리 묶는 의식

머리카락이 꽤나 길었다. 중간마다 숱을 치고 다듬기는 했지만 중학교 3학년 이후로 5센티미터 이상 자른 적은 없다. 정수리 부근에 질끈 묶어놓은 동안 머리카락은 점점 영토를 확장해나갔다. 안 그래도 숱이 많은데 길어지면 정말 감당하기가 어렵다. 요즘에는 머리를 적시는 데만도 5분이 걸린다. 하도 두피까지 젖질 않아서 '방수 머리'라는 별명도 있다. 초등학교 5학년 때는 허리까지 머리를 길렀는데 공교롭게도 그때 두통이 정말 심했다. 그래서 머리를 썩둑 잘랐었다. 두통이 나아졌는지 아닌지는 기억이 안 나지만, 엄마의 압력이 있어서였던 걸 보면 남이 보기에도 무거워 보였나 보다.

중학교 3학년 때는 머리카락이 어깨까지 왔었다. 그런데 그 여름이 유독 더웠다. 아주 더웠던 날 해가 질 무렵 할머니랑 같이 수영을 배우러 간 동생을 데리러 나갔었는데, 심장이 아파서 길에 주저앉았다. 한 발자국도 못 가겠다는 나를 그 자리에 두고 할머니는 동생을 데려오셨다. 물론 내가 나고 자란 동네였지만 가끔 발휘되는 할머니의 매정함에 당황했다. 서럽다기보다는 그 상황이 허탈하고 웃겼던 것 같다. 아무튼 나는 그게 더워서일 거라고 생각했고, 그다음 날엔가 짜증이 나서 집 앞 미용실에서 머리를 쇼트커트로 자르고 왔다. 그리고 학교에서 나를 발견하는 친구들마다 "차였냐"고 물었다. 꼭 차인 사람만 머리를 자르는 건 아니지, 난 더워서 홧김에 잘랐을 뿐이야, 라고 아무리 말해도 친구들은 눈을 가늘게 뜨고 의뭉스러운 시선으로 날 바라봤다.

스테로이드제 부작용으로 얼굴이 붓고 나서는 미용실 거울에 내 얼굴이 비치는 게 싫어서 미용실에 가지 않았다. 세상의 거울이란 거울은 다 깨져버렸으면, 하고 바라던 때였는데 오죽했을까. 더구나 미용실은 사방이 거울이다. 감히 손대지 않는 동안 머리카락은 덥수룩하게 자랐다. 앞머리는 코를 덮고, 뒷머리는 턱 밑으로 층층이 내려왔다. 언니가 그때 나를 보고 삽살개 같다고 말했다. 삽살개라는 별명은 어감이 귀여워서 괜찮았다. 머리카락이 길어서 얻은 별명 중에 정말로 견딜 수 없는 것은 없었다. 묶을 수 있는 길이가 되자 그냥 묶어서 넘기기 시작했다.

사실 머리를 묶는 것은 내가 가진 자잘한 특기 중의 하나이다. 내가 초등학교 2학년 때 자신의 출근과 언니와 나의 등교로 아침마다 전쟁을 치르던 엄마는 내 머리를 늦게 묶어주거나 느슨하게 묶어주곤 했다. 성질 급한 어린이였던 나는 머리카락이 정신없이 치렁치렁하게 늘어진 채로는 아침 시간의 단 한 순간도 견디지 못했다. 게다가 성기게 묶인 머리카락은 한 시간도 채 되지 않아서 다 삐져나오고 내려왔다. 그때부터 스스로 머리를 올려 묶었다. 잔머리가 한 올도 나오지 못하게 빤빤하고 강하게. 얼마나 완벽하게 고른 머리를 원했냐면, 머리를 묶고 나서 정수리 부근을 또 빗질했을 정도였다. 그걸 견딜 만큼 세게 묶어야 했고, 그래도 망가지지 않을 만큼 고르게 묶어야 했다.

스스로 머리를 묶은 경력이 거의 10년이 된 나는 머리를 말아서 위쪽에 고정하는 똥머리도 아주 잘하고, 아직도 머리를 위쪽에 강하게 당겨 묶는 걸 좋아한다. 아침에 머리를 묶을 때는 전투적으로 하루를 보내겠다는 다짐을 하고, 오후에 다시 묶을 때는 주위를 환기시키고 집중하려는 의지를 나타내는 의식을 치르듯 머리를 묶는다. 스스로가 가장 호전적으로 느껴질 때도 머리를 묶거나 위쪽으로 쓸어 넘길 때다. 화날 때마다 머리를 쓸어 넘기는 버릇이 있는데, 친구 슬이가 알려줘서 최근에 알게 된 사실이다.

또 다른 친구 연정이는 나에게, 머리를 풀고 다니는 것이 어울린다고 말했다. 생경한 말이었다. 항상 정신없고 산발처럼 느껴지는 푼 머리가 어울리기도 한다니. 그러니까, 내가 머리를 풀어도 사자의 갈기가 휘날리는 것처럼만은 보이지 않는다는 뜻일 것이다. 특별할 것도 없는 말이었는데 이상하게 마음에 박혔다. 너 힘 좀 빼고 살아, 그렇게 호전적으로 살지 않아도 돼, 매일 하루를 대할 때 투지를 다지지 않아도 괜찮아, 하고 말해주는 것 같았다.

배추 네 포기,
쪽파 여덟 쪽

은퇴 후 강원도 원주에서 밭을 일구며 사시는 외할아버지와 통화를 했다.

"할아버지, 저 오늘 학교에서 밭 갈았어요. 삽질도 했어요."

"오 그래, 뭘 심었냐?"

"배추 네 포기랑 알타리무랑 쪽파요."

"어이구, 쪽파는 몇 쪽이나 심었냐?"

"여덟 쪽이요."

수화기 저편에서 허, 하는 짧은 웃음소리가 들린다. 여덟 쪽이라니, 그걸 누구 코에 붙이냐는 말을 꺼내는 것도 무색

할 만큼이다. 우리 학교에서는 2학년이 되면 학생들에게 손바닥만 한 밭을 준다. 필수로 이수해야 하는 노작과제연구 시간에 그 밭을 일군다. 학교 건물은 언덕 위에 있고, 밭은 언덕 밑에 있다. 등교할 때조차 아빠 차를 타고 올라가는 그 언덕을, 노작과제연구 시간이 끝나면 거의 기다시피 걸어서 올라간다.

할아버지와 통화했던 그날 아침, 첫 교시에 노작과제연구 수업이 있었다. 내내 온라인 수업 기간이었기 때문에 조금 늦은 파종을 하게 되었다. 1학기 때는 내 몫으로 주어진 밭에 방울토마토와 레몬밤, 상추를 심었다. 상추는 모종이 아니라 씨로 뿌렸는데 솎아주지 않아 크기가 작고 연약했고, 레몬밤은 예상보다 넓게 퍼져 상추를 덮쳤다. 방울토마토는 주렁주렁 열려서 수확을 기대했다. 토마토를 수확할 시기는 여름방학에 임박했을 무렵이었는데, 그때는 다른 친구들이 밭을 돌보지 않아 주변에 내 키만큼 자란 풀이 빽빽해서 토마토에 다가갈 수조차 없었다. 채 익기도 전에 딴 다섯 알이 내가 수확한 방울토마토의 전부였다. 개미와 여러 벌레가 나의 토마토를 야금야금 먹어치울 것을 생각하니 마음이 쓰리면서도 다행이었다. 어쨌든 누군가의 배는 채운다는 것 아닌가.

올봄 비료를 주고 나서 땅을 뒤집을 때는 비가 온 지 하루 뒤라서 땅이 보드라웠다. 손을 넣으면 부슬부슬한 흙을 뚫고 손이 쑥 들어갔다. 하지만 그때도 삽질하는 건 힘들었다. 그런데 이번에는 비가 온 지 꽤 되어 흙이 딱딱하게 굳은 뒤였다. 여름방학 동안 기계로 갈아놓은 밭을 갈퀴로 쓸어 마른 풀을 걷어냈다. 호미로 뿌리가 큰 풀을 캐냈다. 그리고 온몸을 바쳐서 삽질을 했다. 삽을 땅에 꽂고, 발로 눌러서 박은 다음, 젖 먹던 힘까지 내어 땅을 뒤집었다. 사실 이렇게까지 힘이 들 일은 아닌데, 운동은커녕 누워만 있는 나는 아무래도 팔에 근력이 없었다. 사실 집에서는 설거지도 거의 안 하는 나에게 삽질을 하도록 요구한다는 것 자체가 어불성설이 아닌가, 하는 심정이었다. 아무튼 진한 흙이 위쪽으로 드러나도록 삽질을 끝내고, 뿌리가 드러난 잡초를 치우고, 갈퀴로 두둑을 높이 올려서 밭 모양을 잡았다. 배추 모종 네 포기와 알타리무 씨앗 네 줄, 쪽파 여덟 쪽을 심었다. 옆에 흐르는 계곡에서 물을 길어다 야무지게 물까지 주어 끝냈다.

지난 학기에 맨손으로 무성히 자란 잡초를 뽑으면서, 농사일이 얼마나 고된 일인지 생각했다. 사회 시간과 도덕 시간에 무수히도 강조되었던 농사의 중요함과 힘듦을 얼마나 무심히 지나쳤던가. 작물을 심고 기르고 수확하는 과정을 단 한 번도 해보지 못했고, 지금도 해봤다고 하기에도 민망할 수준이지만, 적어도 내가 얼마나 무지했는지 가늠은 된다. 그런데 나는 그 모든 과정보다 교실로 돌아가는 일이 힘들었다.

교실까지 가는 언덕길은 소나무 숲속에 있어서, 숨을 들이마시면 마스크 너머로도 솔향기가 느껴진다. 그리고 가파르다. 친구 나영이와 둘이 그 길을 올랐다. 나는 걸음이 느려서 나영이가 날 두고 가도 할 말이 없었다. 실제로 1학기 때는 길에 앉았다가, 낙엽 위에 누웠다가 가느라 다른 친구들은 5분이면 주파하는 그 거리를 올라가는 데 30분이 걸렸다. 하지만 지금은 꽤 걸음이 빨라졌다. 중간에 포기하지 않을 만큼은 체력이 생겼다. 한 발짝 한 발짝 나영이와 함께 걸어갔다. 마지막에 있는 계단을 올라갔을 때, 앞쪽에서 햇살이 비쳐 들고 회색 돌이 징검다리처럼 놓인 길 양옆에는 초록색 잔디가 융단처럼 깔려 있었다. 오른쪽의 단풍나무는 채 녹색으로 물들기도 전에 다시 붉은빛으로 물들어가고 있었다. 내가 우리 학교에서 가장 좋아하는 바로 그 장소에 다다랐을 때 나영이가 나에게 말했다.

"채윤아, 우리 이만큼 올라왔어. 우리 이제 뭐든지 할 수 있어!"

정말 그랬다. 나는 이제 뭐든지 할 수 있었다. 정말 무엇이든지. '뭐든지 할 수 있다'라는 말이 그렇게 진실되고 경이롭게 느껴진 것은 처음이었다.

2장

무언가를 인내해본 경험이 있나요

잘못은
우리 별에 있어

얼마 전 영어 시간에 영화 〈안녕, 헤이즐〉을 보는 것이 과제로 나왔다. 온라인 수업 중이었다. 선생님은 영화 링크를 올려주고, 정해진 시각까지 각자 영화를 재생해서 보라고 했다. 아는 영화였다. 병을 진단받기 전에 한창 읽던 존 그린의 책 『잘못은 우리 별에 있어』를 영화화한 작품이었다. 장르는 청소년 로맨스. 주인공 헤이즐과 어거스터스는 모두 암 환자로, 암 환자 모임에서 처음 만난다. 신체의 고통, 병, 나아가 죽음을 가까이에서 느끼는 아이들의 사랑 이야기다.

병원에 다니면서도 내가 병을 진단받으리라고 예상하지 못했던 시기에 이 책을 읽고 있었다. 건강에 대해 막연하고도 실체가 없는 두려움을 어렴풋이 느끼던 때였다. 책을 읽으며 주인공에게 더 감정이입한 이유도 그 때문이었던 것 같다. 헤이즐과 영화에 나오는 아픈 사람들은 자기 죽음을 계속 생각한다. 우울함을 느끼고 애써 외면하고 웃음으로 승화시키지만, 결국 의식은 말뚝에 매인 것처럼 자신이 가진 병과 죽음으로 돌아간다. 자신의 병 때문에 힘들어하는 주변 사람들(특히 부모님과 친구들) 모습을 보고, 그들과의 이별을 두려워하며. 나 또한 다르지 않다. 병을 알게 된 이후 어떻게든 '내가 나일 수 있는 방법'을 찾으려 노력하지만 결국 내 일상은 병 없이 설명될 수 없다. 천천히 걸어야 하는 것도, 지니고 다녀야 하는 산소캔도, 학교생활에서 벌어지는 온갖 열외 상황도, 잊을 만하면 상기시키듯 찾아오는 아픔도.

별생각 없이 영화를 보려고 재생 버튼을 눌렀다. 하지만 이입할 수밖에 없는, 지금 나를 힘들게 하는 직접적 원인과 비슷한 상황을 영상으로 보는 일은 쉽지 않았다. 처음에는 영화를 그냥 보았는데, 헤이즐의 부모가 울면서 헤이즐을 수술실로 들여보내는 장면에서 나를 중환자실에 들여보내던 엄마 모습이 떠올랐다. 언제 떠올려도 마음이 아릿하고 명치 언저리가 후벼 파이는 고통이 느껴지는 기억. 줄줄이 감당하기 힘든 감정이 울컥울컥 올라오고 오만 가지 생각이 들었다. 왜 지금 이 영화를 봐야 하지? 나는 왜 이 영화를 보면서 이렇게 힘들지? 분명히 나와는 차이가 있는 상황인데. 헤이즐처럼 병을 오래 앓지도 않았고 죽음을 가까이 느낄 만큼 위독한 상태도 아닌데. 영화에 나오는 대사처럼, '거대한 슬픔'을 그대로 고통스러워하지 않고 외면하려고 해서일까? 나의 아픔을, 힘듦을 솔직하게 느끼지 않아서 벌을 받는 걸까?

30여 분 동안 헤어나올 수 없는 생각의 지옥에서 고문당하는 기분이었다. 영화를 끄는 것이 나약함에서 비롯된 현실을 회피하려는, 용서받을 수 없는 도피 행각처럼 느껴져서 차마 마우스를 움직여 영화를 멈추지도 못하고, 속에서 뜨거운 게 용솟음치는 감각을 느끼고만 있었다. 더는 못 견디겠다 싶어서 소리 높여 언니를 불렀다. 건넛방에서 TV를 보던 언니가 달려와 영화를 꺼줬다.

선생님께 사정을 말하고 양해를 구해서 영화를 더 볼 필요는 없었다. 이후 왜 이 영화를 보면서 그렇게 괴로웠는지, 왜 더는 못 보겠다고 생각한 시점에 바로 영화를 끄지 못했는지 오랫동안 생각했다. 받아들이지 못할 현실도 아니고 받아들이고 나아가려 노력했다고 자부했는데, 그게 모두 오만이었나보다.

병원 공감센터에서 상담받을 때 이 이야기를 하자, 의사 선생님이 말했다. 힘들어하는 것도, 힘든 것을 회피하려는 것도, 다시 바라보고 벗어나려 발버둥 치는 것도 모두 나라고. 새로운 말도 감동적인 위로도 아니었다. 하지만 새삼스럽게 머리를 쿵, 울렸다. 나의 수많은 부분을 부정하려고 했었다. 누군가 내가 느끼는 것들, 하고 있는 생각들을 들여다보고 하나하나 판별해서 이건 거짓, 이건 참, 이건 옳은 생각, 이건 틀린 생각, 이렇게 분류해서 거짓되고 틀린 생각을 한 나를 벌줄 것이라고 생각했나 보다. 하지만 그게 아니었다. 아무도 나의 생각과 행동을 참과 거짓으로 나누지 않는다. 옳은 것과 그른 것으로 나누지 않는다. 그 모든 것이 상황과 경험이 어우러져 빚어낸 나의 생각이므로. 병을 알게 된 뒤 겪는 고통이 너무 힘들고 외로워도, 그 고통 말고 삶의 다른 부분을 보고 싶은 것도 모두 부정할 필요가 없다.

아직은 이 영화를 볼 자신이 없다. 하지만 옛날에 읽으며 즐거웠던 책은 조만간 다시 펼쳐볼 생각이다. 그만큼의 용기를 가진 사람이 나인 것 같다.

병이라는 모래주머니를 달고

나의 병은 희귀하고 연구된 바가 거의 없다. 병의 원인도 알 수 없다. 하지만 소수의 자료를 통해 표집된 '진단 조건'이 있다. 동양인, 여성, 20세 이하. 물론 백인에서도, 남성에서도, 20세 이상에서도 타카야수동맥염을 진단받는 사람은 있다. 하지만 대부분이 그렇다는 이야기다. 대부분 동양인이, 대부분 여성이, 대부분 20세 이하가 걸리는 병이다. 이 정도 이야기하면, 대부분의 사람들이 고개를 끄덕이곤 한다. 그래, 왜 연구가 잘 되지 않았는지 알겠다. 소수성이란 소수성은 고루 갖춘 '진단 조건'을 가지고 있기 때문이다. 동양인은 대부분의 경우 흑인보다도 심각한 인종차별에 노출되어 있다. 코로나19로 인한 팬데믹 선언 이후로 유럽, 미국 등지에서 동양인은 각종 혐오에 노출되어 왔다. 여성에 대한 차별은 말할 것도 없이, 아주 오랫동안 지속되어온 뿌리가 깊은 혐오이다. 작년 '통합사회' 과목에서 기업들의 사업보고서를 많이 봤는데 단 한 곳도 여성 평균 소득과 남성 평균 소득이 같은 곳을 보지 못했다. 그리고 청소년. '급식충'이라는 말에서 드러나듯이, 청소년은 사회에 기생하는 존재라고 보는 시선이 흔하다.

타카야수동맥염은 100만 명 중에 2명꼴로 진단받는 병으로, 수치로만 봐도 이미 소수자임을 알 수 있다. 희귀 난치병 환자로 사는 일부터가 소수자로서의 삶을 견뎌내야 하는 일이다. 우선 병원에 가는 날마다 학교 수업을 빠지고, 선생님의 설명을 듣지 못한 시간은 내가 스스로 채워야 한다. 하지만 나는 다른 친구들보다도 체력이 부족하기 때문에 놓친 수업을 따라가기가 버거운 일이 부지기수이다. 체육 시간에는 내가 할 만한 난이도로 수업이 이루어지지 않는 일이 흔하다. 보다 많은 사람들과의 '더불어 사는 삶'이 중시되는 우리 학교에도 통로가 계단밖에 없는 장소가 있다. 당장 교실로 가기 위해서, 아빠 차에서 내려 계단으로 올라가야만 한다. 가끔 아빠가 날 태워다 줄 수 없는 상황이었다면, 아무도 나를 언덕 위까지 데려다줄 수 없었다면 어땠을지 상상한다. 머리 뒤쪽이 쭈뼛 서는 느낌이다. 난 어떻게 통학해야 했을까? 이처럼 생활을 하면서 나는 수없이 배제되곤 한다. 배제되는 것에 익숙해질 만큼.

『선량한 차별주의자』에 킴벌리 크렌쇼가 제기한 '교차성'의 문제를 종종 생각하곤 한다. 이 책에서 든 예시는 흑인이면서 여성인 사람이 얼마나 주변화되는지다. '사회가 흑인을 말하면서 남성을 떠올리고 여성을 말하면서 백인을 떠올린다면, 흑인 여성은 사실상 없는 존재가 된다.' 그렇다면, 사회가 동양인, 여성, 청소년을 말할 때 각각 신체 건강한 사람을 떠올린다면, 동양인이고 여성이고 청소년이자 희귀 난치병 환자인 나는 얼마나 주변화될까? 단적으로, 내가 어떤 글로벌 기업에 채용되는 것을 상상하면 떠올리기가 쉬워진다(채용될 당시에 내가 법적 성인이라는 것을 전제로 하는 것이 조금 더 상상하기 쉬울 것 같다. 이렇게 가정하는 것 자체가 청소년에 대한 배제이지만 말이다). 사회가 지금과 같다면, 나는 여성이기 때문에 취업 시장에서 남성보다 불리할 것이다. 그런데 그 회사가 여성과 남성을 같은 비율로 뽑기로 결정했다고 가정해보자. 그렇다면 나는 동양인이라서 백인 다음, 그리고 흑인 다음에야 채용 고려 대상이 될 것이다. 하지만 그것도 어찌어찌 극복했다고 하자. 여성이면서 동양인인 내가 채용의 기회를 갖게 되었다니, 그것도 치하받아 마땅한 일이다. 그런데 내가 희귀 난치병 환자인 것을 알게 되면? 그래도 회사가 날 고용하려고 들까? 체력의 총량이 적어서 일의 능률이 좋지 않을 수도 있다. 한 달에 한 번씩, 월요일과 금요일마다 병원에 가야 하기 때문에 가장 바쁜 시간에 자리를 비울 수도 있다. 한마디로, 회사가 나를 필요로 할 때 내가 부름에 응답하기 어려울 수 있다는 것이다. 그렇다면 나는 해당 기업 CEO의 손녀이거나 특정 분야, 그것도 회사가 필요로 하는 분야에서 불세출의 천재여야 채용의 기회를 얻을 수 있을 것이다. 그 회사에서 내가 병원에 간 시간에는 중요한 회의를 진행하지 않는다거나, 나의 주변에서 근무하는 사람들 모두가 내가 과호흡을 일으켰을 때의 행동 요령을 모두 숙지한다는 등 '특별한 배려' 아래에서만 안정적으로 근무할 수 있을 것이 분명하다.

아직 아무 일도 일어나지 않았는데 비약이 심하다고 할 수도 있겠다. 그렇게 염세적으로 세상을 바라볼 필요는 없다고 말하고 싶을 수도 있을 것 같다. 하지만 짧은 시간이나마 내가 겪어온 것에 의하면, 세상은 가정조차 하지 않은 최악을 선사해주곤 한다. 당장 내가 앓는 병도, 그중 한 경우다. 그리고 나는 내가 떠올린 것들이 매우 현실적이라고 생각한다. 신체 건강한 백인 남성도 취업난을 이야기하는 시대이지 않은가?

이렇게 말하면, "그렇지만 어쩔 수 없잖아. 그리고 네가 할 수 있는 다른 것들이 많아"라는 반박을 듣곤 한다. 내가 할 수 있는 다른 것들이 많다는 데에는 동의한다. 하지만 그건 '할 수 있는 것'이지 '하고 싶은 것'이 아니다. 국어 시간에 배우기를, 의지 부정과 능력 부정은 애초에 다르다. 나는 내가 '하고 싶은 것'을 하면서 살고 싶다. 나에게는 운 좋게도 '할 수 있는 것'과 '하고 싶은 것'이 겹칠 수도 있겠지만, 나와 비슷한 상황에 처한 다른 사람에게는 아닐 수도 있다.

나는 '어쩔 수 없다'는 말이 싫다. 누구나 그렇겠지만, 나의 노력으로 어찌해볼 수 없는 상황이 싫다. 그런데 병을 진단받고 나서 그런 상황이 훨씬 늘었다는 것을 깨달았다. 내 힘으로 어찌할 수 없는 것이 많다. 정기적으로 병원에 가야만 하는 것도, 토요일에 독한 약을 먹고 내내 누워 있어야만 하는 것도 내가 어쩔 수 없다. 그렇다면 나는 뒤집힌 풍뎅이처럼 팔다리를 바동거리고만 있어야 하는 걸까? 병이 낫기를 기약도 없이 기다리면서, 다른 사람들이 호의를 가지고 나를 '배려'해주기만을 바라야 하는 걸까? 나는 그럴 마음이 없었다. 아무것도 하지 않도록 배우지 않았다. 쉽게 포기하고 현실에 순응하도록 배운 적이 없다. 내가 다른 사람들과 같이 인격체로서, 공동체의 한 부분으로서 살아갈 수 있는 현실을 만들어야 직성이 풀릴 것 같다. 페미니즘을 공부하고, 소수자 인권에 대해서 배우는 것은 그런 현실을 만들고자 하는 나의 열망이다. 나의 다리에 모래주머니가 달려 있다면, 모래주머니를 달고도 빨리 이동할 수 있는 방법을 계속 고민하겠다는 말이다.

병 때문에 인생 망했다고?

나에 대해 잘 모르는 다른 반 친구들과 이야기할 기회가 있었다. 친구들끼리 수다가 으레 그렇듯 대화는 종잡을 수 없이 흘렀고 '존엄사'에 대해 이야기하게 되었다. 우리나라에서 허용된 존엄사의 범위, 존엄사를 선택하는 이유 등. 주로 삶에 대한 희망이 없거나 더는 살고 싶지 않은 마음에서 하는 거겠지.

한 친구가 말했다.

"나는 큰 병에 걸리면 힘들게 치료받으면서까지 살고 싶지 않을 것 같아."

헉, 그렇구나. 그렇게 생각하는구나. 크다면 큰 병을 안고

서 살아가는 사람으로서 잠시 말문이 막혔다. 하지만 이 친구는 그렇게 말할 수도 있겠다고 생각했다. 잘 모르니까. 불과 지난해까지는 나도 '큰 병' 하면 말기암을 생각했고, '난치병' 하면 백혈병을 떠올렸다. 내가 어디 심각하게 아픈 것일지 모른다고 생각할 때도 저 범주에서 크게 벗어나지 않았다. 내가 본 TV 프로나 웹툰, 소설 등에서 병 하면 가장 흔하게 쓰이던 소재였기 때문이다. 세상엔 수많은 병이 있고, 큰 병을 앓는다고 반드시 일상을 영위하지 못하는 건 아니며, 치료제를 찾을 길 없는 희귀 난치병에 걸렸다고 365일 매일 24시간 동안 절망의 쓴맛만 느끼는 게 아니라는 사실을 몰랐다. 1년 전 나처럼 생각했을 것으로 짐작되는 그 친구는 내가 큰 병을 앓고 있다는 사실을 제대로 알았다면 그런 말은 하지 않았을 것이다.

몰랐던 사람이 실수하는 것에 상처받을 필요는 없다. 실수하는 사람이 있는가 하면, 알고도 깊이 생각하지 않는 사람도 있다. 지난해 병을 진단받은 직후, 왜 이렇게 오랫동안 학교에 나오지 않았냐고 묻는 아이가 있었다. 고등학교 입시 철이었기에 특목고나 예술고를 지원하는 친구들의 자리가 많이 비어 있었다. 아마 입원하느라 장기간 결석한 나에 대해서도 비슷한 맥락으로 유추했을 것이다. 간단히 알려줬다. 내가 희귀 난치병에 걸려 입원해야 했다고. 그 애 입에서 나온 말은, "뭐? 그럼 네 인생 망했네?"였다. 아직도 그 장난스러운 어투와 올라간 입꼬리, 가벼운 태도가 뚜렷하게 기억난다. 나는 앞뒤 생각할 겨를 없이 그 애의 정강이를 발로 찼고, 키가 큰 그 애가 정강이를 감싸 쥐느라 허리를 숙이자 눈높이로 내려온 멱살을 잡고 할 수 있는 온갖 욕을 퍼부었다. 저속하고 폭력적이게 대응함으로써 같은 사람이 된 것 아니냐고 물으면 할 말은 없지만, 속은 시원했다. 그 애의 행동은 무엇보다 망하지 않았고 포기할 이유도 없는 내 인생에 대한 큰 무례였기 때문이다.

내가 아프지 않았더라면, 그 애가 병이 아니라 다른 것(예를 들어 시험을 망친 일)이 내 인생을 망쳤다고 말했더라면, 그냥 웃고 넘겼을 것이다. 하지만 그 애가 내 병 때문에 내 인생이 망했다고 말한 순간 이 말을 용납하면 안 되겠다는 생각밖에 없었다. 포기하지 말고 희망을 가지라는 말을 들을 때도 '내가 한 줄기 희망을 놓지 말아야 할 만큼 절망적인 상황에 놓인 건가? 그 정도로 심각하고 불행한 상황인가? 그렇게 느껴야 하나?' 하는 생각이 들어 기분이 묘해지는데, 멋대로 내 운명을, 그것도 부정적인 방향으로 판단해버리다니.

남의 인생을 놓고 왈가왈부하는 건, 아무리 긍정적 방향이라도 조심해야 하는 영역이라고 생각한다. 다른 사람의 상황을 모르고 말하는 것은 '그럴 수도 있지' 하고 넘어갈 수도 있다. 하지만 알면서도 가볍게 입에 올리는 태도는 나에겐 투쟁의 대상이다. 누구든 내 인생을 함부로 판단하면 자신이 얼마나 가당치 않은 소리를 했는지 알려줄 생각이다.

잠을 잃어버린 밤들

병을 진단받은 이후로, 몸의 변화에 따라 용량은 들쭉날쭉하지만 스테로이드제를 오래 복용하고 있다. 여러 가지 부작용은 당연지사다. 얼굴이 붓는 것을 가장 눈에 띄는 부작용으로 꼽을 수 있지만, 고질적인 수면 장애도 무시할 수 없다. 나는 잠을 잃어버렸다. 잠자리에 누워 바로 잠든 적이, 약을 복용하기 시작한 이래로 단 한 번도 없다. 눈꺼풀에 달콤한 잠이 무겁게 매달리는 걸 느껴본 지 얼마나 오래되었나.

잠들기까지 두어 시간을 뒤척여야 하는 날이 많다. 운 좋게 쉽게 잠이 들어도 푹 자는 것이 아니라, 밤중에 여러 번 깬다. 이젠 정말 일어나야 하는 아침이 되어 눈을 뜨면 밤새도록 생각한 것이 사실이라는 걸 증명하듯 온몸이 피곤함에 잠긴다. 머릿속을 잠시 스쳐간 온갖 생각은 새가 모래사장을 지나간 듯 족적을 남긴다. 이 작은 발자국들은 파도가 두어 번 치는 것으로는 쉽게 지워지지 않는다. 얇은 파도처럼 머릿속을 지나가는 새벽녘 얕은 잠은 생각들이 가지 친 길을 지워주지 않는다.

어릴 때 읽은 '한겨레 옛이야기' 시리즈의 『박지원의 친구들』 '민옹' 편 이야기를 보면, 민옹은 우울증 증세로 불면을 겪는 주인공에게 "밤에도 시간을 쓸 수 있게 되었으니 남들보다 오래 살아 좋은 것"이라고 이야기한다. 그 내용을 읽고 민옹의 꾸밈없고 긍정적인 생각을 문자 그대로 받아들여, 불면증을 약간 낭만적으로 생각했던 것 같다. '남들이 다 잠든 시간에 쓸 수 있는 나만의 시간'을 상상하면서. 하지만 나의 밤은 나만의 시간이되 내가 운용할 수 있는 시간이 아니다. 내 의지와는 상관이 없이, 온몸과 생각 구석구석을 더듬어 잠으로 가는 길을 찾아내야만 하는 미로 찾기에 오히려 가깝다. 잠의 지문 위에서, 닿을 듯 말 듯하면서도 같은 길을 맴돌도록 만든다. 혹시 잠들 수 있을지도 모른다는 희망과 어김없이 찾아올 내일 하루를 잘 보내야 한다는 의무감 때문에 미로를 벗어나 잠들기를 포기하고 책을 읽는다거나 그림을 그릴 수도 없다. 환자에게 쉬면서 밤을 보내지 않은 대가는 가혹하다. 다음 날 사용할 체력을 밤에 끌어당겨 쓰는 것이기 때문이다. 하루 충전해서 하루 사용하는 삶을 살면, 좀처럼 찾아오지 않는 잠을 소중히 끌어모아서 아껴 쓰는 절약 정신을 가지게 된다.

이제 나는 잠들지 못하는 밤이 두렵다. 침대에 누워 벽 두 개와 천장이 만나는 방의 꼭짓점을 바라보고 있노라면 출구를 잃어버린 동굴에 갇힌 기분이 든다. 석회동굴의 천장에서 종유석이 드리우듯 생각이 뾰족하게 자라난다. 뚝, 뚝, 떨어지는 생각의 찌꺼기가 바닥에 석순을 키우면 석순마다 이름을 붙여본다. 외로움. 나는 왜 하고 싶은 만큼 공부를 하지 못하는지 원망하는 마음. 성적이 잘 나오지 않아 부끄러우면서도 그걸 부끄러워하는 스스로가 싫은 마음. 그리고 그 모든 게 다 견디기 힘들다는 생각이 나를 더욱 약해지게 한다. 밤의 가장 무서운 점은 실제 있었던 일들이 부풀려져 더욱 추악한 모습으로 변해 떠오른다는 것. 가냘픈 마음을 가진 나는 밤마다 이불 속에서 몸서리치듯 흔들린다. 아무 곳에 의지하지 않고도 흔들리지 않을 만큼, 그리고 내가 약하다는 사실을 두려움 없이 똑바로 바라볼 수 있을 만큼 강해지고 싶다는 생각을 간절히 손에 쥐고 밤을 통과한다.

마침내 아침이 되면, 가족이 잘 잤냐고 묻는다. 나는 이렇게 대답한다. "그냥, 그럭저럭 잤어." 아예 못 잤냐면 그건 아니고, 그렇다고 잘 잤다고 대답하기에는 억울하다. 잠을 설쳐서 피곤하고, 무거운 머리를 지고 하루를 다시 시작한다. 지난밤이 평안하지 않았다 보니, 매일 온·오프라인에서 마주하는 사람들의 밤은 어땠을까 문득 궁금해진다. 꿈도 꾸지 않고 달게 잤을까. 아니면 고민거리에 뜬눈으로 밤을 지새웠을까. 어쩌면 몸 어딘가가 불편해서 한참 끙끙 앓다가 겨우 잠에 들었을지도 모르지. 밤은 아침에는 알 수 없는 많은 것을 덮고 삼키고 지나간다. 오전에 만나는 모든 사람이 지난밤 사연 없이 별다르지 않게 잘 보냈기를, 오늘 밤 쉽게 잠 이루기를 바라는 날이다.

라면 수집

내가 초등학교에 들어가기 전에는 인스턴트식품과 거리가 꽤 먼 생활을 했던 거로 기억한다. 언니가 아토피를 앓았기 때문이다. 빵도, 짭조름한 과자도, 값싸고 달콤한 사탕도, 알록달록한 음료수도 전부 나와 상관없는 것이었다. 목이 마르고 달콤한 것이 마시고 싶으면 오미자청이나 매실청을 물에 타서 마셨고, 집에서 먹는 주전부리는 늘 과일이나 감자, 고구마 같은 농작물이었던 것 같다.

라면을 처음 먹은 것이 초등학교에 입학하기 전이었는지, 후였는지는 모르겠다. 집 안에서는 고사하고 밖에서도 잘 먹지 못했고, 먹을 때마다 양심의 가책을 느꼈다. 하지만 몸에 안 좋은 음식을 먹는다는 죄책감을 잊을 만큼 인스턴트 가루 수프의 매운맛이 황홀했던 것 같다. 언니의 아토피는 다행히 차츰 나아졌다. 언니가 초등학교 고학년이 되었을 때는 식품 제한이 아주 느슨해져서 주말 점심 같은 느지막한 끼니를 라면으로 때우는 일도 가끔 있었다. 야식으로 먹기도 했다.

내가 병을 진단받은 뒤 병원에서 약을 조절하고 몸 상태를 판단하는 척도는 염증 수치다. 염증 수치가 좋아지면 상태가 나아진다고 본다. 라면이 병든 몸에 약으로 작용할 가능성이 만무하니 엄마가 라면에 대해 전보다 엄격해지는 것은 당연했다. 원인을 알 수 없는 병에 걸렸으니 명확한 기준은 없지만, 최대한 몸에 좋은 것을 먹도록 조절하는 수밖에 없었다. 라면의 자극적인 매운맛이, 다양한 약의 부작용으로 약해진 위장을 공격한다는 사실도 한몫했다. 엄마는 단호하게 "당분간 라면은 금지야"라고 말했다. 납득이 안 가는 조처가 아니었으므로 나도 알겠다고 대답했다. 그리고 혼자 생각했다. '차라리 라면이 무슨 맛인지 모르던 어린 시절이었다면 라면을 금지당하고 나서 이렇게 강하게 라면이 먹고 싶지는 않았을 텐데.'

내가 많이 아쉬워하니까 엄마는 가끔 라면 먹는 것을 허락

해주신다. 병원에 다녀와서 염증 수치가 좋았을 때나, 내가 너무 우울해할 때. 금지당하지 않았다면 이렇게까지 강한 충동이 들진 않았을 것이다. 라면을 먹으면 제대로 식사했을 때보다 속이 더부룩하다는 걸 나도 잘 알기 때문에, 전엔 매일매일 라면이 먹고 싶다고 생각하진 않았으니까.

라면이 먹고 싶을 때마다 편의점에 들러 컵라면을 하나씩 산다. 아주 매운 것, 조금 덜 매운 것. 면발이 굵은 것, 가는 것. 해물 맛이 나는 것, 불 맛이 나는 것, 닭고기가 함유된 것… 종류도 다양하다. 집 밖에 나갔다가 들어올 때마다 라면이 하나씩 늘어간다. 지금 내 방 구석에는 컵라면 아홉 개가 얌전히 쌓여 있다. 내가 앉아 있는 의자의 높이와 맞먹는 키의 라면 탑이 유혹적으로 서 있다. 혹자는 굴비 한 번 쳐다보고 밥 한 술 뜬다던데, 나는 집에서 노트북으로 수업 한 교시를 듣고 라면을 지그시 바라본다. 병원에 가기 싫다는 생각이 들면, 염증 수치가 좋아졌을 때 어느 라면부터 뜯을지 고민한다. 방 정리를 할 때 색깔과 크기에 맞춰 다시 안정된 탑을 쌓다 보면 부자가 된 기분이 든다. 혼자 이렇게 웃기는 행동을 하는 것도 처음이다.

엄마는 나에게 마음껏 칫솔을 씹으라고 했을 때와 같은 태도로 방 한구석에 얼마든지 라면을 쌓아도 된다고 말했다. 칫솔을 너무 씹어 져버리기 직전의 장미 꽃잎처럼 된 나의 칫솔모를 봤을 때도, "이거라도 마음껏 씹어"라고 말했었다. 하고 싶은 걸 얼마나 많이 참고 있니, 그런 마음을 모두 달랠 수는 없으니, 마음껏 씹을 수 있는 칫솔모에 한해서라도 너에게 자유를 주고 싶구나, 하는 마음이었을 터다. 다른 가족들은 약간 우스워하는 눈치로 나의 탑에 몇 층씩 투자하기도 한다.

나중에 언젠가 제약 없이 마음껏 라면을 먹게 되면 그때는 왠지 가득 쌓인 라면을 다 먹고 싶다는 마음이 안 들 것 같다. 틈틈이 주변 사람들의 취향을 반영해서 모으는 중이다. 기꺼이 나눠주고 싶은 날이 오면, 마음에 드는 맛으로 골라 가져가라고 말할 거다.

여름방학의 순간

눈이 부신 여름이다. 밖으로 나가면 풀잎과 아스팔트, 횡단보도를 칠한 하얀 염료에 반사된 햇빛에 눈이 따갑다. 기온이 높은 와중 공기의 가장자리가 눅눅하다. 물속을 걷는 것 같기도 하고, '사람 살 날씨가 아니라 망고 살 날씨'라는 말에 동의한다. 지난 주말부터는 비가 조금 흩뿌리고 아침저녁 창문으로 바람이 들기 시작했다. 하지만 2주 전과 저번 주에는 더위에 허덕였다.

엄마가 우스갯소리로 날 키우는 것은 희귀하고, 값비싼 난초를 한 그루 키우는 것과 같다고 이야기했는데, 그건 내가 워낙 주변의 환경에 예민하게 반응하기 때문이다. 적절한 온도와 습도, 주기적인 영양 보충을 비롯해 세심한 관리를 해줘야 한다고. 100만 명 중 2명 있을까 말까 한 병을 앓는 나는 희귀성으로 따지면 둘째가라면 서러울 것이다. 다달이 치료와 적절한 환경 조성에 써야 하는 비용도 있으니 값비싼 것도 맞다. 길가에 우거진 회양목 덤불과 온갖 작은 풀은 무더운 날씨에 아랑곳하지 않고 내리쬐는 햇빛에 탄력을 받아 무성하게 자라난다. 하지만 예민하고 연약한 풀은 시들거리기 마련일 것이다. 나는 시들고 녹아내렸다.

여름방학을 맞아 내내 집에 있다. 덥긴 더운데 주야장천 에어컨을 틀 수는 없다. 전기세도 전기세지만 에어컨을 틀 때마다 지구와 북극곰이 생각난다. 집에 거의 혼자 있다시피 하면서 나 하나 잠깐 시원하자고 에어컨을 켜고 싶지 않다. 예전 같으면 도서관으로 온종일 피해 있었을 것이다. 자주 가던 도서관은 책을 대출하고 반납하는 간단한 일들만 할 수 있게 되었다. 카페에 오래 가 있는 것도 눈치가 보인다. 집에서 에어컨을 쐴 수 없는 아이들은 이번 여름에 다 어디에 가 있을까? 학원 말고, 독서실 말고, 앉아 있는 데 돈 들지 않고 편히 쉴 수 있는 공간이 있을까? 마음이 쓰인다.

방학 후 며칠은 더위를 먹어서 몸이 아팠다. 온몸이 땀으로 흥건하고, 머리가 핑핑 돌고 속이 울렁거렸다. 몸 상태가 안 좋으니까 팔다리가 저리고 심장께가 아픈, 타카야수동맥염의 원래 증상도 같이 생겨서 몸 둘 바를 모를 정도로 힘들었다.

아빠가 언니, 동생, 사촌 동생과 함께 바람 쐴 겸 강가로 데려가주셨다. 요트가 지나다닐 때마다 얕게 파도가 이는 강물 위에 선착장이 있었는데, 물이 높아지고 낮아질 때마다 바닥이 같이 출렁여서 멀미가 생겼다. 결국 습하고 덥고 폐쇄된 탈의실에 들어가서 수영복으로 갈아입고 나오자마자 의자에 앉지도 못하고 잠시 쓰러졌다. 숨이 턱, 막히고 가슴이 조여오고 식은땀이 나면서 어지럽고 토할 것 같았다. 뭍에 나온 물고기가 이런 심정일까, 물에 빠져 허우적대는 육지 동물이 이런 심정일까. 아빠와 언니, 동생들은 물론이고 옆에 있던 사람들까지 놀랐던 것 같다. 어떤 분이 얼린 생수병을 가져다주셔서 이마에 대고 있었더니 점차로 가라앉았다. 무엇보다 언니와 동생들은 강물에서 놀 생각에 신나 있었다. 기대했던 물놀이를 포기하고 집에 가도록 하고 싶진 않았다. 그러기에는 요즘 들어 방역 문제로 포기해야 할 것들이 얼마나 많았나. 편한 마음으로 머무를 시원한 장소와 친구들과의 만

남, 함께 계획했던 장거리 여행… 손에 꼽기도 어려울 정도인데. 완전히 내 의지로 나아진 것은 아니지만, 마침 원하던 것처럼 상황이 나아졌다. 다행이었다.

강가에서 그네도 탔고, 물속에 발을 담그기도 했다. 즐거운 시간이었다. 하지만 그냥 즐거웠다고 넘어가는 것은 충분하지 않다. 그 하루 동안, 같은 장소에서 아주 고통스러운 순간도 있었고, 회복하는 순간도 있었다. 나의 병은 언제 힘들어질지, 언제 괜찮아질지 예측할 수 없는 것이다. 나는 컨디션 관리에 있어 조심하고 몸을 사리는 수밖에 없다. 따라서 이 외출 자체가 하나의 도전이었다. 집에서 어느 정도 떨어진 거리를, 이 정도로 무더운 날씨에 나갔다가 돌아올 마음을 먹는 것. 힘든 순간이 지나가고 난 후를 즐길 수 있었던 것. 집에 왔을 때, 완벽하지 않아도 나름의 성공을 이루었다는 것을 알았다. 중요한 것은 아프지 않는 것이 아니라, 아픈 순간에도 살아가는 것이다. 점점 갈 수 있는 곳과 할 수 있는 것을 늘려가는 것. 겁을 먹지 않을 수 있게 되는 것. 이 여름을 살아가고 있다. 힘겹더라도 온몸을 다해.

절대 억울해하지 말자는 약속

계절이 바뀌는 것을 느끼면서 요 며칠은 마음이 싱숭생숭했다. 처음 병원에 다니고, 병을 진단받고, 병원에 입원한 것이 지난해 딱 이맘때였다. 그늘 밖으로 나가면 따갑게 내리쬐는 햇살이, 피부에 와 닿는 차가운 공기가 그때를 상기시킨다. 타카야수동맥염과 기묘한 동거를 시작한 지 정확히 1년이 되었다.

진단받은 다음 날, 어지러워서 침대에서 일어날 수 없었다. 응급실을 통해 입원했고, 혈압이 너무 높고 과호흡이 와서 준중환자실에 사흘 정도 들어가 있었다. 입원한 지 꼭 8일 만에 퇴원했다. 퇴원하고 나흘 정도 지나 학교에 갔다. 목요일 첫 교시, 도덕. 주제는 공교롭게도 '고통'이었다. 수업에서 기억에 남는 내용은 불교에서 '고통은 욕심에서 나온다'고 가르쳤다는 거였다. 병으로 잃은 것에 대해 우울해하지 않는 법, 다 잊고 웃기만 하는 법, 고통을 없앨 방법은 모르겠다. 아프지 않고 싶다는 욕심을 버리면 될까? 그건 나에게 가능한 영역이 아니다.

1년간 가장 많이 들은 질문은 '괜찮아?'였다. 나는 괜찮지 않다. 병에 걸리기 전 나의 세상은 아름다웠다. 힘든 일도 있었지만 대체로 이겨낼 수 있다고 생각했다. 안일했지만, 내가 '정상'이라고 생각했다. 그럴 수 있는 것은, 스스로 보편적이라고 믿을 수 있는 것은 특권이었다. 사회적으로 우위를 점하고 있다는 의미였다. 병에 걸리고 나서 정상이 아닌 곳으로 '내려왔다'고는 생각하지 않는다. 다만 나의 세계가 얼마나 좁고 단편적이었는지 생각하게 된다. 내가 외면한다고, '나는 그런 거 몰라' 하고 지나친다고 사라지는 게 아닌 삶이 분명히 있다. 내가 생각한 '보편성'이란 것이, '누구나 다 그럴 거야'라는 생각이 삶의 얼마나 작은 부분만을 담고 있었는지.

병을 진단받고 나 자신과 약속한 것이 있었다. 절대 억울해하지 않기. 왜 아파야 하지? 왜 불편해야 하지? 왜 전에 누리던 걸 누릴 수 없게 됐지? 이런 의문을 갖지 않는 것. 내가 누리던 모든 것이 당연하지 않은 삶도 많고, 이렇게 질문해봤자 달라지는 것도 없었다. 그래서 필사적으로 앞으로에 대해서만 생각했다.

'의젓하게 행동해야겠다, 단단하게 버텨야겠다' 다짐은 할 수 있어도 내가 어떤 마음인지 들여다볼 엄두는 나지 않았다. 의연한 척 참아내는 마음 안에 초라하고 이기적인 마음이 있어, 스스로에게 실망하면 견딜 수 없을 것 같았다. 1년간 많이 아팠고 많이 울었고 가끔은 더 이상 헤어날 수 없을 만큼 마음이 난자당하는 듯했다. 병 때문에 놓친 것들은 선명하고 가까웠다. 돌고 돌아서, 무너진 마음을 몇 번이고 다시 쌓은 뒤에야 조금 솔직해질 수 있었다. 나는 아프기 싫다. 병에 걸리고 싶지 않다. 진단받기 전으로 돌아가서, 내가 할 수 있는 것이라면 뭐든 해서 병을 막고 싶다. 악몽을 꾼 것처럼 말끔하게 잊어버리고 싶다. 나는 아픈 동안 많은 것을 잃었다.

1년 동안 엄마는 입버릇처럼 누구에게나 고통은 0 아니면 100이라고 말했다. 누구든 자기 손톱 밑의 가시가 가장 아픈 법이라고. 가시가 있거나 없거나 둘 중 하나인데, 나는 아직 가시 없는 사람을 본 적이 없다. 그래서 결심했다. 남의 가시를 멋대로 판단하는 사람은 되지 말자고. 누구나 다 그럴 거라는 협소한 잣대 하나를 멋대로 세워놓고 거기에 맞춰 세상을 바라보지는 말자고. 병은 나에게서 많은 것을 앗아갔고, 나는 병에 걸린 것이 싫다. 내 아픔이 내 세상에서는 가장 큰 아픔이다. 하지만 그건 모두 다 같다는 것을 안다. 모두 자기의 아픔을 가장 아파하면서 살아간다. 그러니까 내가 할 수 있는 것은 하나뿐이다. 황정은 작가의 소설 제목처럼, 사람들과 함께 '계속해보겠습니다' 하고 말하는 것.

어떤 감도
버려지지 않는다

친구 현선이가 그런 말을 한 적이 있다. 복숭아 철과 귤 철 사이 쓸쓸함이 가을 타는 게 아니겠느냐고. 그 말이 좋았다. 가을의 외로움을 깔끔하게 정의했다고 생각했다. 복숭아 철과 귤 철. 더운 김이 가시고 찬 바람 드는 그 사잇계절. 그 쓸쓸한 계절에도 단맛은 있다. 포도의 새큼한 단맛, 배의 물기 많은 단맛, 사과의 아삭한 단맛 그리고 감의 맛. 후숙 덜 된 홍시의 떫은맛부터 단감의 단단한 단맛, 곶감의 말랑한 단맛, 딱딱해질 때까지 말린 감말랭이의 질겅질겅한 단맛이 있다.

우리 집 식구는 총 일곱 명이다. 할머니, 할아버지, 엄마, 아빠, 언니, 나, 동생 이렇게 대가족이 한집에 산다. 학교에서 식구 수를 조사할 때 나보다 가족 구성원이 다양하고 많은 집은 아직 한 번도 본 적이 없다. 우리 집에는 사생활은 좀 없는 대신 시간이 독특하게 흐른다. 옛것과 새것이 계속 부딪치고 오묘하게 섞여서 아예 다른 것이 되기도 한다.

내가 감의 다양한 맛을 알 수 있었던 건 할머니 할아버지 덕분이다. 오늘 시골에 다녀오신 할머니 할아버지는 큰 비닐봉지에 감을 한가득 담아 오셨다. 시골 감나무에 열린 주황색 감이다. 나는 그 감의 맛을 안다. 더 이상 그 감의 겉모습에 속지 않는다. 어릴 때 그 감이 어찌나 탐스럽던지, 입에 넣지도 않았는데 벌써 달게 느껴져서 몰래 한 입 베어 물었다가 아무도 모르게 마당 구석에 퉤, 뱉어놓은 적이 있었다. 첫맛부터 끝맛까지 어쩜 그리 떫은지 도저히 삼킬 수 없었다. 할머니 할아버지는 그 감을 어떻게 먹어야 하는지 가르쳐주셨다.

꼭지를 짧게 딴 감은 소주에 꼭지 부분을 푹 적셔 따뜻한 곳에 2~3일 놓으면 웬만한 단감보다 달아진다고 한다. 이 과정을 '침시'라고 한다. 꼭지가 비교적 긴 감은 과도로 꼭지 부근만 남겨놓고 껍질을 깎아서 꼭지 부분을 비닐 끈으로 엮어 바람 잘 드는 창가에 매달아 놓는다. 50일 뒤 먹을 수 있는 곶감이다. 너무 바짝 말리면 딱딱해서 씹기에 불편하고, 덜 말리면 떫은맛이 가시지 않는다. 적당히 말랑말랑해지고 단맛이 날 때까지 참을성을 가지고 기다려야 한다. 손이 많이 가기 때문에 요즘은 거의 기계로 곶감을 만들어 계절과 상관없이 마트에서 사 먹을 수 있다고 할아버지가 말씀하셨다. 나는 할머니와 함께 감꼭지를 소주에 적시고 할아버지 곁에 남아 감을 깎았다.

할아버지는 일정한 속도로, 비슷한 간격의 칼자국을 촘촘히 남기며 감을 빙 둘러 깎으신다. 할아버지의 감 껍질은 시작부터 꼭지 곁에서 끝날 때까지 거의 끊기지 않는다. 마음만 앞서 따라해보려다가 매끈하고 반만 남은 감을 손에 쥐었다. 칼질에 서툴러 삐끗해서 매달아야 할 꼭지 부분을 반쯤 뎅강 날려버리기도 했다. 하지만 할아버지는 내가 깎은 감을 한 개도 버리지 않으셨다. "감이 너무 작아졌어요"라고 말하자 "곶감 작은 거라고 안 먹겠냐? 다 끼워서 그냥 먹지" 하시고, 꼭지를 날려버린 걸 조용히 보여드리자 요지(이쑤시개)를 꽂으면 된다고 하셨다. 너무 무르거나 상처가 나서 썩기 시작한 감만 아니면 아무것도 버려지지 않는다. 2~3일만 기다리면 달게 먹을 수 있는 침시가 되거나, 50일 뒤 곶감이 된다.

모두 맛있게 먹을 거다. 맛있는 감이 될 가능성이 있다.

병에 걸리고, 더 이상 할 수 없는 것과 여전히 할 수 있는 걸 한참 줄 세우다 보면 너무 많은 길이 막힌 것 같아 답답해질 때가 있다. 사소하게 출발한 그 답답함은 자라서 두려움이 된다. 이대로 아무것도 못 하면 어떡하지, 아무것도 안 되면 어떡하지. 한 치 앞도 보이지 않는 두려움에 잔뜩 웅크리게 된다. 하지만 나는 그렇게 주저앉도록 배우지 않았다. 어느 감이든 버리지 않는 법을 배웠지, 감을 포기하라고 가르친 사람은 없었다. 씁쓸하고 씁쓸해도 내일모레는 단감이 된 떫은 감을 먹고 이번 겨울에는 곶감을 먹으며 또 한 계절이 지나가는 것. 내가 배운, '감 껍질처럼 이어지는 삶'이다.

치악산 대추의 온도

추석이 되어 외가댁에 다녀왔다. 외가댁은 강원도 원주, 치악산 자락에 있다. 엄마는 꽤 오래전부터 치악산 등산을 하겠다는 포부를 밝혀온 바 있었다. 그래서 조금 일찍, 연휴가 시작되기 하루 전날 밤 외가댁에 가서, 다음 날 아침에 엄마와 외할아버지, 큰이모, 아빠와 남동생 호윤이는 치악산으로 떠났다. 나도 가고 싶은 마음이 있었지만 그럴 수는 없다는 걸 알고 있었다. 그래서 굳이 같이 가겠다고 말하지 않았다. 물어봤자 소용이 없을 테니까. 아니, 어쩌면 흔쾌히 그러자고 했을 수도 있다. 대신 쉬운 길로 바꿔서. 그런 배려가 기껍지만 달갑지는 않다. 가고 싶은 길이 있는데 나 때문에 다른 길로 가는 것 같으니까. 정말 간절히 꼭 가야만 한다고 생각했다면 그렇게라도 가겠다고 했을 것이다. 그만큼 간절하지 않았다는 뜻이겠지. 병을 앓아서 그전과 분명한 차이점이라고 느끼는 것은, 어떤 일을 하기로 결심하기까지 필요한 '간절함'의 정도가 훨씬 커졌다는 것이다. 충분히 간절하지 않으면 길이 뚫리지 않는다. 엄청난 의지가 아니라면 등산을 가기 힘들다. 어떻게든 '짐이 되는 상황'을 견뎌야 할 일이 전보다 많아졌으니까.

그래도 언니는 과제 때문에 바빠서, 외할머니와 나와 함께 집에 남았다. 그날 언니와 나는 샤인머스캣을 배 터지게 먹었다. 외가댁에 선물로 들어온 비싼 포도를 할머니는 아낌없이 내주셨고, 우리는 3분에 한 알씩 따 먹으면서 각자 할 일을 했다. 나는 글을 썼고, 언니는 온라인 수업을 들었다. '15분이야! 먹어!', '꼭 먹으려고 하면 1분 전이야' 같은 말을 하면서 말이다. 그렇게 하지 않으면 과일을 좋아하는 언니와 내가 한 번에 다 먹어버릴 것이 분명했다. 이 규칙 덕분에 우리는 오랫동안 달콤한 맛을 즐길 수 있었다.

추석 당일에는 외할아버지를 따라서 텃밭으로 나갔다. 할아버지는 가을 모기가 기승을 부리니 긴팔에 긴바지를 입고 가야 한다고 하셨다. 마침 나는 긴팔 상의에 긴바지를 입고 있었다. 추석이라고 멋을 부려 입은 것이긴 하지만 말이다. 할아버지 텃밭 쪽으로 내려가는 길에 내가 "저 맨발인데 발은 모기가 안 물까요?" 하고 여쭈어보니, 할아버지가 "그래도 모기 몇 방은 물려야 외가댁에 다녀간 도장이 되지" 하고 말씀하셨다. 모기에 물리면 가렵겠지만 잠깐일 것이다.

여덟 쪽의 쪽파와 배추 네 포기, 알타리무 네 줄을 기르는 나보다 훨씬 큰 밭을 관리하시는 할아버지는 집 앞마당에도 텃밭을 만들어놓으셨다. 뒷마당에는 모종과 상추를 기르는 비닐하우스가 설치되어 있다. 그날 아침 비가 왔기 때문에 빗물을 받아서 작물에 물을 주는 통이 가득 차 있었다. 그 빗물 통 옆에 달리아가 가득 피어 있었고, 옆집 담에 기대어 자라다가 기어이 담을 넘어온 방울토마토가 그 위에 주렁주렁 매달려 있었다.

"할아버지, 저 방울토마토는 어디 거예요?"

"옆집 거지."

"저렇게 넘어온 건 어떡해요? 옆집에서는 이렇게 넘어온 줄 알아요?"

"모를걸."

할아버지는 달리아 꽃을 보며, 집 근처에 달리아 꽃이 너무 많다고 하셨다. 조금 더 설명을 해주셨는데, 동네에 있던 꽃이 집으로 흘러 들어왔다는 건지 집에 너무 많았던 달리아 꽃을 동네 사람들에게 나눠주셨다는 건지 제대로 알아듣지는 못했다. 사실 아무래도 좋았다. 같은 꽃이 이곳저곳 자라고 방울토마토가 담을 넘는 동네라니, 정겹지 않은가? 하기야 꽃은, 특히 민들레꽃은 서로 사이가 좋지 않은 이웃 사이에서도 같은 종류가 싹트기 마련이다. 갈등에 개의치 않는 꽃들의 자유분방함. 할아버지는 꽃을 뚝, 뚝 꺾으셨다. 꽃이 너무 무거워서 줄기가 땅에 닿도록 늘어져 있었기 때문이다. 꽃을 주워서 품에 안았다. 보랏빛 꽃잎이 바깥을 향해 촘촘히 난 달리아 꽃은 내 얼굴보다도 컸다.

비닐하우스 구석에 놓인 탁자에서는 동부콩이 마르고 있었다. 할아버지는 보기 좋게 난 상추 모종에 물뿌리개를 기울이시며, 상추쌈 한 번을 먹으려면 이렇게 정성을 들여야 하지 않겠냐, 하고 말씀하셨다. 1학기 동안 방치해놓았던, 저절로 자랐던 연약하고 들쭉날쭉한 내 텃밭의 상추가 생각났다. 정성을 들이지 않아도 상추를 먹을 수는 있었다. 비록 작고 약하고 조금은 씁쓸해서 쌈이 아니라 샐러드로 먹어야 했지만 말이다. 그래도 풀을 뽑고, 매일 물을 주어서 자란 상추는 다르긴 다르다. 더 넓적하고 싱그럽고 질기다.

비닐하우스를 떠나, 앞마당의 텃밭으로 가서 가지와 고추를 땄다. 할아버지가 매운 고추를 찾으러 가신 사이에 몰래 옆줄의 방울토마토를 슬쩍 따 먹었다. "할아버지, 제가 방울토마토 한 개 서리해 먹었어요"라고 하니 할아버지가 이놈, 하셨다. 아무리 그렇게 화내셔도 소용없어요, 할아버지. 사실 한 개가 아니라 세 개를 따 먹었거든요. 할아버지는 더 잘 익은 빨간색 방울토마토를 따 먹으라고 하셨다.

내가 집 안까지 안고 들어온 달리아 꽃은 현관에서부터 보라색 눈물을 흩뿌리기 시작했다. 오가며 떨어지는 꽃잎은 한 장도 못 봤는데 희한한 일이었다. 어떻게 집에 들어오자마자 바로 알고 꽃잎을 떨구기 시작했지? 외가댁 성모 마리아상 앞에 꽂아놓았는데, 계속 꽃잎이 떨어졌다. 다들 네가 안고 있을 때가 더 예뻤다고 말했다.

떠들썩한 추석 연휴는 끝이 났다. 나는 집에 왔다. 그리고 가끔 생각한다. 외가댁 차고에서 아빠 차가 출발할 때, 할아버지가 내 손 안에 굴려 넣어 주셨던 알밤 아홉 알을. 치악산에서 오신 할아버지가 손에 쥐여주셨던 대추 두 알을. 아직 밤을 전부 다 따지도 않으셨을 때였는데, 할아버지는 언제 크고 예쁜 밤을 아홉 알이나 주우셨을까? 등산을 하면서 대추는 또 언제 챙기셨을까? 내 손 안에 들어왔을 때 밤도, 대추도 따뜻했다. 할아버지 손과 꼭 같은 온도였다. 그렇게 온도를 전할 수 있는 건 대추와 밤이라고 생각한다. 어떤 말이나 글자가 아니라.

사실
누나 아픈 게
싫었어

지난여름 어느 일요일이었던 것 같다. 날은 눅눅하고 더웠고 책상에서 수학 문제집을 풀고 있었다. 내 뒤 침대에 남동생이 누워 뒹굴고 있었다. 나보다 일곱 살이 어려 지난달에 열 살 생일을 맞은 남동생은, 내가 다른 일을 하느라 관심을 못 쏟아도 내 뒤에서 종종 시간을 보낸다. 뒤에 동생이 있으면 일에 집중은 덜 돼도 외롭지 않다. "누나 누나" 몇 번쯤 의미 없이 부른 뒤, 자기 생각을 종알종알 늘어놓는다. 친구들과 오늘 놀이터에서 있었던 일, 가장 좋아하는 팽이 장난감에 대한 설명…, '누난 이거랑 이거 중 뭐가 더 좋아?'라는 질문들이 수학 문제를 푸는 내 귀로 스쳐 지나간다. 그러다 내

심장을 덜컥, 아래로 잡아끄는 말이 나왔다.

"누나, 나는 사실 누나가 아픈 게 좀 싫었다."

아무리 다른 일을 하느라 건성으로 듣고 있었다지만 도저히 그냥 지나칠 수 없는 말이라 천천히 되물었다.

"왜? 왜 누나가 아픈 게 싫었어?"

동생은 우물거리다가 대답했다.

"나는 누나가 아파서 엄마가 병원에서 자는 거랑 누나가 집에 있을 때 내 친구들이 집에 못 놀러 오는 게 싫었어."

자가면역억제제를 복용하고 두 달에 한 번씩 주사로도 맞고 있다. 면역력이 현저히 떨어졌다. 항체가 거의 생기지 않을 거라고 해서 독감백신도 맞지 않았다. 동생이 친구들을 데리고 오지 못하게 한 건, 불특정한 사람들과의 접촉을 줄이기 위해서였다. 코로나19라는 전무후무한 감염병 탓에 면역력 문제에 특히 더 예민할 수밖에 없었다.

나는 지난해부터 총 세 번 입원했고 오전에는 아빠가, 밤에는 퇴근한 엄마가 내 곁을 지켰다. 형제자매가 많은 나는 부모님 관심을 그렇게 독차지할 일이 잘 없었다. 부모님이 종일 내 옆을 떠나지 않는 게 답답하게 느껴질 때도 있었지만 관심이 내게 쏟아지는 일이 싫지만은 않았다. 집에 남겨진,

당시 고3이던 언니와 아직 한참 어린 동생에게 미안한 마음이 들어도 병 때문에 내가 힘든 게 많아서 주의 깊게 이야기를 들어보려 하지 않았던 것 같다. 그럴 리 없다는 걸 알면서도 언니나 동생이, 아픈 나를 원망할까 봐 겁이 났다.

정신없이 이어진 내 병 때문에 생긴 변화에 동생이 큰 영향을 받았다는 건 알고 있었다. 하지만 나에게 직접 불평을 이야기하는 횟수가 많아진 건 최근 일이다. 다정한 아이라서, 스스로 느끼는 불편함을 말하기에 앞서 나에게 위로가 되어주려고 많이 노력했다. 약 부작용으로 부어서 겉모습이 한창 바뀔 때, 내가 "누나 부어서 낯설지?" 하고 묻자 동생은 "아니! 나는 누나 부은 게 귀엽다고 생각해!"라고 말했다. 진단 초기 과호흡 증상으로 모두를 당황하게 했을 때는 용돈을 모아서 누나에게 산소캔을 사주겠다고 했다. 고맙고 기꺼우면서도 어린 동생이 자기보다 누나를 걱정하게 된 것이 미안해서 그 말이, 그 표정이 잊히지 않는다. 이제라도 동생이 솔직해져서, 나이답게 짜증 내고 투정을 부려서 다행이다. 칭얼거리는 게 귀찮을 때도 분명 있지만 너무 일찍 철든 동생을 보는 일은 슬프니까.

내가 아픈 게 싫었다는 동생에게 그날 나는 뭐라고 대답했더라. 미안하다고는 하지 않았던 것 같다. 내 잘못도 아니고, 내가 바꿀 수 있는 상황도 아니기에 의식적으로 사과하는 일을 줄이려고 한다. 배려받는 상황을 미안해하기보다는 고마운 일로 받아들이고 싶다. 하지만 나와 많은 시간을 보내는 사람이 나에게 생긴 일 때문에 피해를 보았다는 말에 어떻게 대답해야 할지 알 수 없었다. 지금도 잘 모르겠다. 나는 미안해해야 했을까. 그냥 "그랬구나. 그렇게 느낄 수도 있었겠다"라는 말밖에 할 수 없었다.

내가 여덟 살 때 처음 만났던 가무잡잡하고 쫄깃한 피부를 가진 내 동생. 나와 언니에게 '눈에 넣어도 아프지 않다'라는 말의 의미를 알려준 그 아이가 향기롭고 생생하게 살았으면 좋겠다. 너는 너답게, 나이답게, 그렇게 가장 멋지게.

작은 흠집마저
사랑할 각오

긴 고민 끝에 반려식물을 입양했다. 오래전부터 내 방에서 반려생물을 기르는 것에 로망이 있었다. 동물을 키우고 싶었지만 언니에게 알레르기가 있었고, 엄마가 "우리 집에는 이미 식구가 많다"고 선을 그었다. 식물을 기르는 것도 좋겠다고 생각했다.

내 방이 따로 생긴 뒤, 줄곧 어느 화분을 놓을까 상상했다. 기왕이면 작고 너무 무겁지 않았으면 좋겠다, 창가 서랍장 위에 올려놓고 기르면 괜찮을 것 같다, 화분은 하얀색이었으면 좋겠다, 화분 받침도 하나 있어야겠다…. 하지만 내 방은 북향이라 햇볕이 잘 들지 않는다. 일출도 일몰도 보이지 않고 낮에도 불을 켜야 한다.

식물을 기르기에 완벽한 환경이라고는 할 수 없다. 게다가 내가 기르고 싶은 건 햇볕 잘 들고 바람 잘 통하고 건조한 환경에서 길러야 한다는 이파리 통통한 다육식물이었다. 인터넷에서 가볍게 검색해보고 내 방은 안 되겠다며 포기한 이후, 늘 키우고 싶다고 생각만 할 뿐 깊게 알아보진 않았다. 그러기엔 내 몸 하나 건사하는 것도 벅찼고 남는 시간에 할 일도 많았다. 나는 로망을 실현하는 일에 게을렀다.

권태롭고, 지루하고, 상투적인 순간이 지나가고 있다는 생각을 자주 했다. 병에 걸린 뒤 상황은 차츰 나아졌지만 그 속도는 보이지 않을 만큼 느렸다. 무언가 잔뜩 하고 싶다는 내 생각을 따라잡기엔 역부족이었다. 병에 걸려서 움직이는 일을 망설인 뒤 많은 걸 미뤘다. 등산이나 검도나 킥복싱 같은 운동을 배우고 싶다는 생각이 문득 들 때마다 '좀 괜찮아지면 해야지' 하고 넘어갔다. 약을 먹어서 몸이 붓자 예쁜 옷을 사는 것, 미용실에 가서 새로운 헤어스타일을 시도하는 것, 액세서리를 고르는 것을 미뤘다. 사소하게는, 시험 기간이라서 그림 그리고 뒹굴뒹굴하는 것을 미뤄야 했다.

미루는 일을 그만두고 싶다고 생각했다. 결심한 만큼 행동하고, 행동한 만큼 뭐라도 바뀌는 걸 내 눈으로 보고 싶었다. 고민은 길었지만 화분을 사러 가겠다는 결정은 다분히 즉흥적이었다. 엄마, 아빠, 남동생과 함께 다육식물을 파는 화훼단지 내 하우스에 가서 설명을 들었다. 그늘에서도 잘 기를 수 있다는 초록색 다육식물을 손에 들고, 컴컴한 차창 밖을 바라보며 집에 돌아왔다.

그날부터 내 방에서 내가 울고 웃고 일기 쓰고 그림 그리고 책 읽는 모습 등 모든 것을 조용히 지켜보는 다육식물은, 금영화와 외래종을 교배한 금영군생이란 종이다. 다육식물을 고르러 갔을 때, 반려생물을 키우려 할 때 한눈에 반하는 문학적인 일이 일어날지도 모르겠다며 약간 긴장했다. 하지만 고르는 과정은 생각보다 느리고 현실적이었다. 채광이 좋지 않은 방에서 기를 거니까 화려한 색은 피하고 혼자 심긴 다육은 외로워 보이니까 군생으로 고르자. 서바이벌 오디션 프로그램만큼 엄격한 선발 기준에 따라 여러 선택지를 점차 줄이니 한 그루만 남았다. 아, 너구나. 내가 정을 붙이고 기를 생물이.

아직 이름을 붙여줄 만큼 친밀한 사이는 아니라서 금영군생 화분에는 마땅한 호칭이 없다. 내 방의 화분, 하얀 화분 정도로 적당히 부른다. 서로 천천히 알아가기로 했다. 짙고 약간 탁한 초록색에 위쪽이 조금 갈라진, 엄지손톱만 한 통통한 몸통 여러 개가 옹기종기 모인 모습이 퍽 사랑스럽다. 이 파리 위쪽 작게 난 흠집마저 사랑할 각오로 모셔 온 화분이다. 가족을 들인다는 건 그런 일이니까. 내가 없을 때도 있을 때도 한결같이 자리를 지킬 내 화분은, 매일 아침 혼자 있어도 불안하지 않을 만큼 강해지고 싶다고 생각하지만 외로움을 많이 타는 나를 위해, 내가 준비한 '믿을 구석'이다.

무언가를
인내해본
경험이 있나요

정지용 시인의 「인동차」라는 시를 좋아한다. 1학기 문학 시간에 배운 시인데, 이 시를 가지고 수업을 하는 첫날에 선생님께서 처음으로 하신 질문이 '무언가를 인내해본 경험이 있나요?'였다. 인내해본 경험. 그 말은 나에게 '고통에 잠식되어본 경험이 있나요?'라는 말과 같이 들렸다. 마치 물속에 잠긴 것만 같은 상황이 그려졌다. 입 밖으로 터져 나올 숨을 아끼고 아껴서 조금씩만 내뱉으면서 겨우 연명해나가는 삶. 그것이 인내하는 삶이라고 생각했다. 고통에 잠식되었지만 그 속에서 숨을 쉬는 것 말이다.

「인동차」라는 시의 신상 정보에 대해서 읊고 싶지는 않다.

중학교 3학년 때, 입원하고 나서 처음으로 등교했을 때 내 책상에는 백석 시인의 「흰 바람벽이 있어」를 국어 시간에 분석하는 데 쓰였을, 새 학습지 한 장이 놓여 있었다. 시어 하나하나마다 무엇을 암시하는지 화자의 어떤 상황을, 시인의 어떤 배경을 반영하는지를 분석한 시였다. 그렇게 시를 파헤쳐보는 것도 물론 재미있는 경험이다. 시어 하나하나를 시인이 얼마나 고심하면서 썼을지 생각해보는 것은 즐거운 일이니까.

하지만 중학교에서 듣는 시 수업에서는 시인의 고민 따위를 곱씹어볼 여지를 남겨주지 않았다. 시가 나에게 어떤 의미인지, 이 시를 처음 보고 어떤 생각을 했는지 생각해볼 수 있는 여유를 주지 않는다는 뜻이다. 마치 자기소개 혹은 통성명, 첫 만남의 인상을 남기지 않고 곧바로 업무적인 대화에 들어가는 공적인 만남 같다. 시를 공적으로 만난다니, 최악이다. 나를 숨긴 채 어떻게 시에서 번뜩이는 찰나의 지성을 낚아챌 수 있을까? 그 학습지를 발견하고 나는 마치 해부대에 올라간 시의 시체를 보고 있는 기분이었다.

「인동차」에서 쓰인 '자작나무 덩그럭 불이/ 도로 피어 붉고', '흙냄새 훈훈히 김도 서리다가/ 바깥 풍설 소리에 잠착하다'라는 시어를 사랑한다. 하지만 이 시의 몸체 중에서도 내가 자주 입 안에서 굴려보곤 하는 시어는 마지막 연에 있다. '산중에 책력도 없이/ 삼동이 하이얗다'라는 구절이다. 마치 인동, 겨울을 인내하는 것의 씁쓸함이 진하게 농축되어 슬며시 비치는 것 같다. 시 내내 집 안의 아늑하고도 정적인 풍경을 묘사하다가, 초점을 줌아웃 해서 자신이 처한 환경을 바라보면서 낙담하게 되는 마음을 억누르는 것 같다. 예기치 않게 벌어져서 속살을 드러내는 상처처럼.

김진영 작가의 애도 일기 『아침의 피아노』에서도 꼭 그런 문장을 발견한 적이 있다. 고통을, 두려움을, 외로움을, 그 온갖 마음을 억누르면서 쓴 것 같은 문장. 전혀 다른 말이지만 그런 감정들이 배어나는 문장. "나의 기쁨은 어디에서 나를 기다리나"라는 문장이 그랬다. 마치 언제나 새로운 기쁨을 만날 수 있고, 그러한 기쁨을 찾아갈 수 있다는 말처럼 느껴진다. 실제로 그런 뜻일지도 모른다. 그런데 나에게는 그 구절이 참다가 잇새로 내뱉는 한숨처럼 느껴졌다. 기쁨을 찾아 헤맬 힘조차 남지 않아서, 그저 걷다가 기쁨이 나와 만날 수 있기를 고대하는 고된 사람의 한숨 같다. 그 사람에게 기쁨이 없지만은 않을 것이다. 하지만 동시에 너무나도 쓴, 미각을 마비시킬 만큼의 쓴맛과 싸워내는 중일 것이다. 그럼에도 기쁨을 만나겠다는 강력한 의지, 한숨에 실린 고뇌와 의지처럼 느껴졌다. 아마도 작가는 인내를 잘 알고 있을 것이다.

인내한다는 것. 얼마나 쉽게 쓰이는 말인가? 마치 발에 차이는 돌멩이처럼 흔하고 진부하게 느껴지기도 한다. 초등학교 때 듣던 교장 선생님의 훈화 말씀처럼 생명이 없는 말처럼 와닿을 수도 있다. 아픔으로써 좋은 일이 있다면, 그 전에는 마치 죽은 것처럼 느껴졌던 말들이 시시각각으로 새롭고 다르게 느껴지게 되었다는 것이다. 언어의 세계는 황홀하고도 날카롭다. 겹겹이 싸인 아름다운 베일 같지만 그 단면에 무심코 손을 댔다가는 베일 것만 같다. 언어를 사용하는 사람과 그 대상 모두. 인내한다는 말도 그러하다. 잘못 사용했다가는 그 말의 의미를 뭉갤 수도 있고, 이미 인내 중인 사람에게 찬물을 들이붓는 격이 될 수도 있다. '인내'라는 말이 그저 '참는다'라는 말과 같지 않기 때문이다. 내면이 너무 뜨거워지는 것을 대비해 계속 냉각수를 들이붓고, 내가 할 수 있는 것이 없다고 느껴지지만 또 나에게서 눈을 떼어서는 안 된다. 그처럼 번거롭고 사소하지만 해내기 위해서 강력한 의지가 필요한 일, 이런 것을 두고 '숭고하다'라고 말할 수 있는 것이 아닐까 싶다.

그럼에도, 그 숭고한 의지를 감히 동정할 수 없다고 해도, 인내하고 있는 당신에게는 박수보다 포옹이 어울린다. 너무 잘 해내고 있어서 걱정이야.

15분만 버텨봐야지,
이 정도는 견딜 수 있어

어젯밤에는 늦게까지 잠을 이루지 못했다. 배가 아팠기 때문이다. 새로운 약에 적응할 때 으레 있는 일이다. 병을 치료하려고 약을 먹는 건데, 약 부작용이 또 다른 약을 부른다. 약이 꼬리에 꼬리를 문다.

혈관 염증으로 가슴에 통증이 있든, 약 부작용으로 배가 아프든, 몸살 기운이 있든, 많이 움직인 날 근육통을 앓든, 몸이 아프면 언제 끝날지 모르는 오르막 산길을 걸어 올라가는 기분이 든다. 등산하러 다녔던 경험 때문일 거다. 등산 다니던 때의 기억은 과거의 기억 중 기댈 수 있을 법한 '견뎠던 기억'의 대표 주자다.

아홉 살 때 언니를 따라간 첫 산행을 시작으로, 초등학생 때 한 달에 두 번 정도 어린이 산악회에서 등산을 갔다. 침대에 누워만 있기에는 아까운 토요일, 공기가 축축한 새벽에 집을 나섰다. 버스에 올라탔고, 늘 준비되지 않은 기분으로 산을 오르기 시작했다. 시작은 언제나 가팔랐다. 숨이 점차 가빠지고 다리가 아파지면 저 앞 나무까지만 가야지, 그다음 바위까지만 가야지, 저기에서 물을 마시면서 쉬어야지 하는 생각으로 걸음을 옮겼다. 아플 때 같은 생각을 한다. 15분만 버텨봐야지. 두 시간만 기다리면 괜찮아질 거야. 이 정도는 견딜 수 있어. 하지만 정상에 다다르고 하산한 뒤 집에 갈 것이 확실한 등산과 다르게, 아픔에는 정해진 기한이 없다는 게 나를 막막하게 한다.

산에 가면 오르막길이 있고, 힘들고 지치고 집에 오면 씻기도 귀찮은 몸에 근육통이 불청객으로 찾아올 것을 알았다. 늘 가기 싫었다. 그랬던 나를 알고 있음에도 몸이 아플 때 혹은 여름의 짙은 풀 내음을 맡거나 안개 속에 서 있을 때 문득 산길 한가운데를 걸어갔던 기억이 생생하게 되살아난다. 나무와 흙길. 무거운 옷가지와 가방, 찐득찐득한 땀방울과 꼬집으면 물이 뚝뚝 떨어질 것만 같던 습한 여름 공기. 귀와 볼을 따갑게 때려대던 날 선 겨울바람. 그 사이를 걸어가는 내 두 발. 그 시간을 걸어온 내 발에는 내가 얼마나 힘들었는지, 얼마나 많이 울었고 넘어졌고 주저앉았는지, 어떻게 일어났고 다시 걸어갔는지의 역사가 새겨져 있다.

나는 지금 아프다. 몸이 아프고 마음이 아프다. 병을 진단받은 뒤 마음을 더 독하게 먹고 욕심껏 하고 싶은 일을 하느라 지쳤다. 마음에 미치지 못하는 몸을 보면서 서러웠다. 1월 초부터 3월 새 학기 시작 전까지 길다면 길고 짧다면 짧은 겨울방학을 나를 보듬으며 보냈다. 지치고 산산이 부서졌다는 것을 알아냈다. 꾸준히 운동하고, 정신과 상담을 다니고, 수면과 생활에 도움이 될 약을 처방받았다. 잡념을 끊어내려고 노력했다. '아무 일도 하지 않고 있어 불안하다'는 나에게 상담 선생님은 "최대한 쉬는 데 집중하려고 노력했네요"라고 말씀해주셨다. 쉬어야겠다고 느껴서, 그렇게 했다.

아직 충분히 쉬었는지는 모르겠다. 이만하면 됐다 말하고 일어나기가 겁난다. 어젯밤에도 많이 아팠고, 그걸 회복하는 데만도 며칠이 더 필요할 것이다. 어젯밤 아프기 전, 낮에 병원에서 검사를 받고 왔다. 검사를 기다리는 동안, 병원 앞 번

화한 거리를 걸었다. 병원 앞을 걷듯 가끔 집 앞도 걷는다. 그리고 가끔은 걷다가 생각한다. '전부 극복하고 일어나겠다'라고 다짐하는 데는 어마어마하게 큰 마음을 먹어야 한다고. 하지만 당장 몇 걸음 내딛는 건 힘들지언정 불가능하지는 않다. 이렇게 생각하는 중에도 아까보다 몇 걸음 지나왔지 않은가? 외투를 여미고 주머니에 시린 손을 꽂는다. 다시 계속 걸어간다. 내가 걷는 길은 산길이 아니기에 오르막만 이어지지도 않고 흙길도 아니고 나무도 빽빽하지 않고 듬성듬성하게 나 있어 걷기에는 한결 편하다. 언젠가 다시 흙을 밟고 산길을 걸을지도 모른다. 그건 모르는 일이다. 조금 더 걸어보기로 했다.

기억할 거야,
병이 망칠 수 없는
내 웃음

책을 고르기 위해 책꽂이 앞에 갔다가 시선이 맨 위로 올라갔다. 구석에 위태롭게 꽂힌 두꺼운 앨범들. 아주 오랜만에 어릴 적 사진이 담긴 앨범을 꺼내서 봤다. 초등학교를 졸업한 뒤로 거의 한 번도 앨범을 펼쳐보지 않았다. 앨범이 어디에 있는지는 알고 있었다. 어린 시절 사진들을 보면 얼마나 재미있을지도 알고 있었다. 책꽂이 높은 선반에 있는, 먼지가 뽀얗게 쌓인 앨범은 어쩐지 꺼내기 어려운 마음이 든다. '김장하는 날', '대청소하는 날'처럼 '앨범 정리하는 날'을 따로 잡아 조금 들여다봐야 할 것만 같다.

2011년에 태어난 남동생의 사진은 거의 다 스마트폰으로 찍어 컴퓨터에 저장됐다. 종이 사진 앨범에는 나와 언니의 어릴 적 사진이 대부분이다. 갓난아기일 때는 거의 분초 단위로 찍은 듯한 사진이 많지만, 주로 새로운 장소에 놀러 갔을 때 특별한 순간을 기억하기 위해 남긴 사진이 많다. 어떻게 찍혔는지 기억나지 않는 사진도 있다. 또 어떤 사진은 그때 사진기를 든 아빠의 표정, 엄마의 옷자락을 붙잡은 내 손, 곁에 있는 언니의 말이 생생하게 살아나도록 한다. 혀끝에는 그날 공기의 맛이 느껴지는 것 같기도 하다. 더운 여름날 해변의 짭짤한 습기. 겨울 장작불 앞에서 맡은, 콧속 깊은 곳에서 느껴지는 탄내. 한 장의 사진이, 더 정확히는 그 사진이 불러온 어느 날의 기억 단편이 나를 오랫동안 붙잡는다.

가장 기억에 남는 사진은 눈이 거의 사라질 지경으로 접어 올리고 눈 밑에는 선처럼 생긴 보조개를 띄운 채 얼굴을 우글우글하게 하여 웃는 내 모습이다. 어떤 상황이었는지는 기억나지 않는다. 가장 좋아하는 자주색 코르덴 원피스를 입고 대체 뭘 보고 있는지, 누가 간지럽히기라도 했는지 손은 코미디 프로그램에 나온 방청객처럼 물개 박수를 치고 있다. 나에게 이런 표정도 있었나, 내가 이렇게 웃나 하며 따라 웃고 싶어지는 사진. 나는 일상적으로 이렇게 잘 웃었다. 웃는 모습으로도 웃음을 줄 수 있을 정도였다.

앨범 사진을 보는 일은 오랜만이지만 과거를 잊고 살았던 것은 아니다. 친구들도, 나도 가끔 SNS에 옛날 사진을 올린다. 최근에는 주로 과거에 내가 자랑스러웠다고 느꼈던 순간의 감정이 좋아서 사진을 올릴 때가 많았다. 등산 가서 산꼭대기임을 알리는 바위 앞에 뿌듯하게 서 있는 사진이라거나, 오랜 시간 게으르게 연습해서 결국 완성했던 피아노곡을 치는 영상 등이다. 어렵고 반복되는 시간을 이겨낸 나에게서 격려를 얻으려 했던 것 같기도 하다. 잘 봐, 저게 어려운 순간을 이겨낸 네가 겪을 수 있는 기쁨이야, 지금은 어쩌면 좀 더 단단해지기 위해 단련하는 시간인 거라고, 이 시간에 대한 보상이 언젠가 나를 환하게 빛내줄 거라고 생각했다.

병은, 병이 가져온 고통은 내가 이루려는 단 하나의 목표를 위한 인고의 시간이 아니다. 이 고통을 '이겨낸다'라고 말할 수 있는지는 잘 모르겠다. 언제 끝난다는 보장도 없고, 끝나면 내가 이기는 건지도 모르겠다. '병마와 싸워 이기는 것'은 무엇일까. 내가 병에 의한 고통과 싸우지 않고 그냥 아픈 순간은 아프도록 내버려두면 안 되는 걸까.

내가 제일 좋아하는 사진은 특별히 여행 갔거나 자랑스러워할 만한 일이 있었을 때 찍힌 사진은 아닌 것 같다. 만약 그랬다면 어떤 연유로 그렇게 즐거웠는지 기억에 남았을 거다. 일상에서도 그렇게 웃긴 표정으로 웃을 수 있다면, 그 순간의 사진을 보면서 또 재미있게 보낼 수 있다면 충분한 것 아닐까. 나는 병과 함께 살고 있다. '병에 걸렸음에도 웃음을 잃지 않는 모습'을 간직하고 싶은 것은 아니다. 병이 망칠 수 없는 내 일상의 웃음이 있음을 알아두고 싶은 것이다.

3장

마음이 꽉 차면 바다로 간다

네 원래 얼굴로 졸업사진 찍게 해줄게

거의 1년 만에 병원에 가서 컴퓨터단층촬영(CT)을 하고 왔다. 혈관이 다 보이도록 찍어야 하므로 일반 채혈 주삿바늘보다 조금 더 굵은 바늘을 꽂아서 촬영 중간에 '조영제'라는 약물을 투여한다. 이 약물은 주삿바늘로 혈관에 주입돼 몸을 통과한다. 그걸 느낄 수 있다. 병원에서 설명하기를 '약간 타는 듯한 감각'이 느껴질 수 있다는데, 뜨거운 불이 혈관을 핥는 기분이 든다. 세 번째인데 아직 익숙해지지 않았다. 굵은 바늘도, 조영제가 몸을 훑는 감각도. 조영제를 투여할 때 오른팔 혈관이 잘 잡히지 않아서 왼팔에 주삿바늘을 꽂아야 했다. 이후에 CT 결과를 확인할 겸 다시 병원에 가서 채혈 검사를 하고 주사약을 세 시간 정도 맞아야 한다. 왼팔은 그 때를 위해 남겨두고 싶었다. 오른손잡이인 내가 편하게 다른 일들을 하면서 세 시간을 견딜 수 있게 하기 위해서. 미래의 나를 위한 나름의 안배였다. 하지만 언제나 그럴듯한 계획이 무용지물이 되는 때가 오기 마련이고, 왼팔에 꽂힌 주삿바늘을 보면서 또 한 번 체념을 배웠다.

마침내 결과를 보는 날이 왔다. 나흘 전 주삿바늘을 꽂았던 상처가 아물었다. 주변에 남은 약간의 멍 말고는 며칠 전에 팔에 구멍을 내고 바늘을 꽂았다는 걸 유추할 수 있는 흔적은 하나도 없었다. 왼팔에 다시 주삿바늘을 꽂을 수 있었다. 오른손을 비교적 자유롭게 쓸 수 있어서 기뻤다. 오랜 시간 주사약을 맞고 나서 CT 검사 결과를 보는 진료가 있는 오후까지 기다렸다. 너무 오래 앉아 있느라 엉덩이에 뼈가 있다는 걸 확실히 알 수 있는 시간이었다. 진료실 앞 전광판에 뜬 대기 시간은 점점 늘어나기만 했다. 오후에 예정되어 있었던 친구들과의 회의를 미루고 미룬 끝에 결국 취소해야만 했다. 병원 복도의 불도 하나둘 꺼졌다. 입원해 있을 때는 컴컴한 병원을 자주 봤지만, 외래 진료로 내원해서 보기는 처음이었다. 밤 9시가 거의 됐을 때 진료를 마치고 나올 수 있었다. 의사 선생님이 내 몸의 단면을 촬영한 검은색 사진과 색깔이 있는 상반신 사진을 보여줬다. 육안으로 보기에도 염증이 많이 줄었다고 했다.

사진을 아무리 보여준다 한들 나는 무엇이 나아졌는지 어떻게 나아졌는지 하나도 알 수 없었다. 하지만, 아무리 환자가 의학적 지식이 없고 무지하다 한들, 진단의 증거가 되는 자료를 보여주면 확실히 이 병이 나와 관련된 일이라는 걸 알 수 있어서 좋다. 의사 선생님이 처방해주는 대로 매일 약을 먹고, 할 일과 하지 말아야 할 일을 결정하는 사람이 그 까닭을 들을 권리는 있어야 하지 않겠는가.

선생님의 방에는 커다란 꽃다발이 여러 개 있었다. 나는 그것들이 왜 새삼 그곳에 놓여져 있는지 알았다. 그건 진료가 그렇게 늦어진 이유와 관련이 있었다. 그날이 의사 선생님의 마지막 근무일이었기 때문이다. 근무를 하는 마지막 날에 의사 선생님은 자신의 환자를 모두 부른 것 같았다. 다른 모든 의사 선생님은 퇴근하고 그 선생님을 보는 환자들만 병원 복도에 띄엄띄엄 앉아 있었다.

선생님이 떠난다는 걸 나는 뒤늦게 안 편이었다. 엄마, 아빠는 한 달 전쯤에 먼저 알았지만 그 선생님에게 내가 너무 의지하는 것 같아서, 혹시라도 떠난다는 사실에 충격을 받을까 봐, 나에게 먼저 말하지 않은 거였다. 그날 병원으로 가는 차 안에서 아빠가 조심스럽게 말을 꺼내지 않았더라면 왜 선생님이 바뀌었냐며, 엄마는 미리 알고 있었냐고 물어봤을 것이다. 물론 많이 의지했다. 처음 만난 날 선생님이 한 말을 기억한다. 아주 쓴 가루약을 여덟 시간마다 먹고 온갖 부작용에 괴로워하던 내게 "고생 많이 했구나, 너도"라고 말했다. 알 만한 사람이 힘들었던 시간을 알아주는 기분을 어떻게 잊을 수 있겠는가? 그가 "내가 너, 원래 얼굴로 졸업사진 찍게 해줄게" 하고 약속했던 일이 아직도 기억에 생생한데. 선생님 뒤에 비치던 것이 후광이었나 햇빛이었나 헷갈릴 지경이었는데. 의사 선생님은 약 부작용으로 고생하던 내게 약을 끊을 수 있다는 희망을 보여주었다. 힘들어하는 모습을 보이면 상담 선생님을 연결해주었고, 진료받는 내내 늘 내게 최선을 다하고 있다는 느낌을 받게 해주었다. 그러니 당연히 서운함은 있다.

그렇지만 인생은 내가 자아내면서 나아가는 실이나 면직물과 비슷하다. 다른 사람들의 것과 일부 겹치거나 얽혔다가 떨어지기도 할 것이다. 내 인생과 잠깐 맞닿았던 의사 선생님의 삶이 다시 흘러간다. 우리가 만났다는 사실과 기억과, 어쩌면 헤어짐이 불러온 서운함마저도 새로운 색깔로 내 삶에 남겨놓고서. 그러니 너무 슬퍼할 필요는 없지 않을까. 그 시간이 사라지는 것이 아니므로.

다시 보지 못할지도 모르는 사람에 대한 아쉬움과 새로 오는 의사 선생님에 대한 걱정에도 불구하고 병이 나아지고 약을 더 줄일 수 있다고 생각하니, 며칠 머리가 훨씬 가볍고 단순해진 것 같았다. 다가오는 새 학기, 더 바빠지고 일상이 몰아칠 텐데 견뎌낼 수 있을지 불안해서 머리를 싸매고 고민했는데, 병이 나아진다면 한 학년을 기꺼이 버텨내겠단 희망을 품는 것이 그렇게 어려운 일이 아니겠다고 생각했다. 내 일상을 지배하다시피 하는 걱정거리가 약간 가벼워진 것만으로도 생각이 이렇게 자유로워질 수 있다니. 어떻게 하면 몸과 생각에 더 큰 자유를 줄 수 있을지, 즐겁게 고민하게 되었다.

봄이 싫었던 내게
봄이 보여준 것들

산등성이에는 진달래가 어른거리고 벚꽃은 화들짝 피어올랐다. 집과 학교만 오가다 보면 멈춰서 봄이 오는 것을 만끽할 여유가 없다. 그러다 오늘 공상하듯 창밖을 내다봤는데, 멀리 핀 벚꽃과 눈이 마주친 것 같았다. 찔렸다. 겨우내 입에 "난 봄이 오는 게 싫어"라는 말을 달고 살았다. 다들 무언가 시작할 것을 새로이 찾는 모습이 부담스러웠다. 엄마 아빠와 다른 사람들은 내게 좀 더 푹 쉬라고 말하지만 새 학기가 됐으니까, 이제 3월이니까 하면서 마음을 새로 고쳐먹는 사람들을 보면 조급함이 자꾸만 고개를 들었다.

이번에는 당연히 봄을 즐길 수 없을 줄 알았는데 누구보다

봄꽃을 즐기는 버릇이 몸에 배어서인지 슬며시 마음이 들뜬다. 봄만 오면 꽃과 나무와 바쁘게 붕붕거리는 벌들에 시선이 붙들려 걸음이 점점 느려지다가 아예 멈추는 것이 예삿일이었다. 평소라면 5분도 걸리지 않을 길이 봄을 자각한 순간 마법처럼 15분은 걸릴 길이 된다. 봄이 왔다는 걸 알고 나니 외출할 때마다 조금씩 주책없이 설렌다.

외출하지 않아도 설레는 일은 있다. 학교 과제로 집 안에서 새싹 채소를 기르고 있다. 보리와 청경채와 무순 씨앗을 심었다. 여섯 시간 정도 물에 불렸다가 플라스틱 용기 바닥에 물에 적신 종이 타월을 깔고 씨앗을 흩뿌려놓았다. 심고 나서 이틀 정도는 빛을 보지 않도록 했고, 지금은 오돌토돌한 싹이 얼굴을 빼끔 내민 모습을 보며 아침저녁으로 흡족해하고 있다. 촉촉한 상태를 유지해야 한대서 분무기로 물을 칙칙 뿌려준다.

크리스마스 접시에 보리 씨앗을 뿌려놓았는데, 접시가 너무 얕아 파종 뒤 사흘 만에 다른 플라스틱 용기로 옮겼다. 그 과정에서 실낱같은 뿌리가 나온 씨앗 몇몇을 들어 다른 자리에 놓으려 했더니, 그새 뿌리가 꽤 깊게 박혀 잘 들리질 않았다. 혹여나 뿌리가 다칠까 조심스럽고 섬세하게 분리 수술을 해야 했다. 오른쪽 뿌리를 조심스럽게 들어, 힘을 강하게 줘서는 안 돼. 천천히, 서서히. 잠깐, 그러다 앞쪽 뿌리가 잘리겠어! 혼자 가느다랗고 흰 뿌리와 사활을 건 싸움을 벌였다.

나무는 씨앗이 땅에 묻히면 뿌리를 뻗어 입지를 공고히 한 뒤 새싹을 틔워 위로 향한다. 교과서에서도, 뿌리를 얼마나 단단히 내리는지, 그것이 얼마나 질긴지 이번에 직접 확인했다. 몇 권 읽지 않은 자기계발서에서도 눈이 따갑도록 나오는 말인데, 그럼에도 식물을 뽑을 때마다 경이에 휩싸이게 된다. 뿌리를 종이 타월에서 떼어낼 때 가장 강하게 든 생각은 '이래도 되는가'였다. 내가 이미 여기서 살기로 결심한 이 아이를 감히 옮겨도 되는 걸까? 아직 제대로 싹이 트지 않은 씨앗의 의지에 비해, 옮기려는 내 결심은 얼마나 가볍고 순간적이며 천진한 발상이었는지. 우여곡절 끝에 이식은 성공적으로 끝났지만 잘 자리 잡을지 며칠 지켜봐야 한다.

저 무해한 것들은 너무 고요해서 방 한구석을 차지하고는 있지만 잠을 방해하지도, 내 할 일을 하는 중에도 시끄럽게 칭얼거리지 않는다. 귀를 잘 기울이면 발아하는 소리가 들릴지도 모르겠지만 그 순간을 포착할 만큼 섬세하고 예민한 청력이 없어 아쉽다. 이 조용한 이웃은 거의 아무 소리도 내지 않은 채 자기 할 일을 한다. 내가 기울인 관심만큼 나를 보살피진 않지만 급수한 만큼 빨아들이고 자라난다. 새싹은 나에게 삶을 기대고 나는 새싹 옆에 가만히 휴식이 필요한 마음을 한숨 한 자락에 담아 내려놓는다. 새싹을 잘라 거두기 전까지 우리는 아무 말도 나누지 않고 동거를 이어갈 것이다.

금요일 밤의 황당한 꿈

금요일 밤에만 먹는 약은 동맥에 있는 염증을 완화하기 위해 복용하는 총 네 종류의 면역억제제 중 하나다. 한 번에 여섯 알씩, 잠자기 직전에 먹고 바로 침대에 눕는다. 다음 날 새벽 다섯 시 반에 맞춰놓은 알람에 깨서 토요일 치 아침 약을 먹고, 다시 누워서 오후 두 시가 되도록 잔다. 이렇게 해야만 그다음 주를 견딜 수 있다. 이 약은 복용 직후의 부작용이 아주 심하기 때문이다. 아주 어지럽고 속이 울렁거린다. 하루 치 기력이 한 번에 빠져나가는 기분이다. 어지럼증에 시달리면서 애써 잠을 청한다. 할 수 있는 일이 그것밖에 없기도 하고, 자면서 회복을 해야 하니까. 궁극적으로는 회복하려고 먹는 약인데 약 기운을 이겨내기 위해서 또 품을 들여야 한다. 불합리한 것 같지만 어쩔 수 없다.

원래도 꿈을 많이 꾸는 편이었다. 장르는 주로 SF, 판타지. 피곤할 때 더 극적이고 어처구니없는 전개의 꿈을 꾼다. 금요일 밤 꾸는 꿈은 그런 꿈들의 총집합이라고 할 수 있다. 일단 한번 잠이 들면, 온갖 꿈을 꾼다. 인간이 겪을 수 있는 어지러운 상황은 모두 꿈에 나오는 것 같다. 잊어버리는 것도 몇 개 있지만 대부분은 기억이 난다. 얼마나 황당한 꿈이었는지. 그중 첫 번째로 기억나는 꿈은 바로 망망대해 위 높이 솟은 탑에 매달려 있던 꿈이었다. 꿈에서 나는 폭풍우가 치는 날씨에 고깃배를 타고 바다에 나갔다. 바다 한가운데에 있는 어떤 탑을 수리하기 위해서였다. 탑을 기어 올라가 꼭대기에서 옆으로 길게 뻗어 나온 작은 철제 구조물까지 갔다. 철제 구조물은 바람에 따라 끼익, 끼익 소리를 내며 빙글빙글 돈다. 그 구조물 끝에 매달린 작은 고리를 손보고 있었는데, 때마침 바람이 불어서 올라타 있던 구조물이 뚜둑, 불길한 소리를 내며 부러졌다. 나는 허리에 묶어놓은 줄에 대롱대롱 매달려서 구조물의 움직임을 따라 탑을 몇 번이고 돌았다. 검고 사나운 바다를 바라보던 그 장면이 아직도 생생하게 기억난다.

두 번째로 기억할 만했던 꿈은 정체 모를 건물 안이 배경이다. 지하에서 운동을 하고, 개운하게 씻은 나는 건물 엘리베이터를 탔다. 엘리베이터에는 50층 버튼이 있다. 그 버튼을 누르자 엘리베이터가 슝, 소리를 내며 빠르게 올라간다. 마침내 도착한 50층은 구름과 눈높이가 똑같다. 50층에 도달하자마자 엘리베이터에 150층 버튼이 생기고, 150층 버튼을 누르면 엘리베이터가 헬리콥터로 변하고 내부에서는 안전벨트를 착용하라는 안내 방송이 나온다. 나는 150층까지 올라갔지만, 정말 구름 위쪽에 도착하자 무서워서 내리지 않았다. 그러고 나서 3층으로 돌아왔는데, 3층에는 온천이 있고 젤리로 된 공룡들이 떠다닌다. 목욕을 좋아하는 언니가 온천물에 몸을 담그고 있다. 언니에게 저 공룡들이 사람들을 공격하진 않느냐고 묻자, 언니가 저건 미래의 식량으로 개발된 공룡이기 때문에 온천 하는 사람들이 간식 삼아 뜯어 먹으면 된다고 했다. 언니를 재촉해서 다시 엘리베이터를 탔다. 마침내 1층에서 만나기로 했던 사촌 동생을 만났는데, 사촌 동생이 "언니 150층 가봤어?" 하고 묻는다. 나는 가봤지만 무서워서 내리진 않았다고 대답했다. "거기가 얼마나 재밌는데!"라며 동생이 꾸중한다.

이 꿈은 얼핏 어지럼증과 관계없어 보이지만, 엘리베이터를 타면 살갗과 내장이 분리되는 듯 속도감이 엄청나다. 엘리베이터가 헬리콥터로 변했을 때에는 주변이 진동하면서 내부가 흔들리기도 한다.

올림포스 12신이 등장해서 제우스와 싸우고, 작은이모가 사촌 동생을 한 명 더 낳았는데 이모부랑 똑같이 생긴 것과 같이 개연성이라고는 찾아볼 수 없는 꿈을 꿔댔지만 금요일 밤에 꾸는 꿈은 어디에도 비할 수 없다. 토요일 아침에 눈을 뜨면 스스로도 어이가 없다. 하지만 동시에 나만의 즐거운 비밀을 간직한 기분이기도 하다. 피터 팬이 데려가주는 네버랜드에 다녀온 웬디처럼, 이상한 나라에 다녀온 앨리스처럼.

꿈속의 나는 주로 아프지 않다. 그러니까, 병에 걸린 몸이 아니라는 말이다. 하지만 꿈의 내용은 현실에서 끙끙 앓고 있는 나를 구체적이고 다채로운 상상력을 동원해 제법 리얼하게 드러낸다. 정작 현실의 나는 병은 인정하지만 그로 인해서 생기는 여러 가지 증상이나 불편은 부정하는 경우가 많은데 말이다. 이렇게 생각하면 '꿈은 반대'라던 할머니 말씀이 정확히 들어맞는 것 같기도 하다. 심심하거나 기분이 좋지 않을 때 종종 황당무계한 꿈의 흔적 속에 타조처럼 머리를 박고 있고는 한다. 나를 둘러싼 것들, 내가 하는 생각들이 사라지지는 않더라도 말이 되지 않는 생각을 하는 것이 도움이 될 때가 많다. 꿈에서 힌트를 얻은 세계에 다녀오면 모든 것이 한층 우습고 여유로워 보이기 때문이다. 아예 꿈에서 일어난 말도 안 되는 일에 비식비식 웃기도 한다. 현실이 버거울 때는 전혀 일어날 법하지 않은 생각을 하는 것이, 나를 지키는 데에 도움이 되기도 한다.

우울 노트

나에게는 슬프고 우울한 마음만 적어놓은 노트가 있다. 줄도 없이 하얀 페이지만 계속되는 노트. 이것과 같은 노트 몇 권을 한꺼번에 선물 받았는데 한 번도 한 권의 마지막 페이지까지 써본 적은 없다. 중국어 시간에 했던 작은 퀴즈 게임의 컨닝 페이퍼가 되었다가, 한국사 필기 노트가 되었다가, 아픈 내 모습을 직접 그리는 자화상용 노트가 되었다가, 결국은 우울할 때 항상 내 옆에 있던 이 노트가 나의 모든 검고 낮은 감정들을 그러모았다. 구멍이 큰 체에서부터 구멍이 작은 체를 단계적으로 이용해 불순물을 걸러내듯이, 일기장에도 적히지 못한 찌꺼기 같은 감정의 편린들은 이 노트로 와서 모였다.

나는 교과서 구석과 단락 사이에도 낙서를 그려 넣곤 하기 때문에, 어떤 페이지도 줄글로만 이루어져 있지는 않다. 작은 그림과 함께 몇 개의 글을 끼적여놓았다. 가장 아프고 가장 힘들었을 때는 어디를 가나 이 노트를 가지고 다녔다. 문득 떠오르는 지나간 일에 대한 깨달음, 앞으로 올 일에 대한 불안, 지금 일어나는 일들에 대한 호기심이 낱낱이 담겼다. 다음은 나에 대해 계속 생각하고, 생각하고, 또 생각했던 시절에 써놓은 문장이다.

> "나는 유리 공이 된 것만 같았다. 투명한데 새까만 유리 공. 우울을 품고, 깨질까 봐 주변에서 신경 써야 하는 공. 나는 고무공이고 싶은데. 하얀 고무공."

> "인생의 모퉁이에는 눈에 거슬리는 낡은 벽돌이 있다. 그 벽돌은 가끔은 모난 성격이고, 가끔은 피할 수 없는 병이고, 또 가끔은 표정에 이따금 드리워지는 짙은 우울이다. 그 벽돌 앞에 선 사람은 타인의 벽돌만 보려고 한다. 그것에만 눈을 두는지, 눈이 그것에로만 사로잡히는 것인지는

알 수 없다. 타인을 주저앉히는 상황이 없는지 계속해서 궁금해한다. 모두가 그런지 모르겠다. 어쩌면 내가 유달리 마음이 연약해서 그럴지도 모르겠다."

이 노트에 쓰인 글들은 공통점이 있다. 바로 나의 상황을 어떻게든 분석하려고 했다는 점과, 자조적이고, 우울하고, 새까맣고, 어둡고, 고통스러운 가운데에도 살아서 꿈틀거리는 의지와 생명력이 있다는 점이다. 고통에 잠식되었다가도 고개를 쳐드는 낙천적인 본능을 차마 감추지 못했던 것 같다.

'왜 내가 쓰는 글은 전부 다 끝이 희망차게 끝나지?'라는 생각을 했다. 내가 쓰는 글은 소설이 아니므로 비극을 쓸 능력이 없어서 그렇다고 하기에는 어폐가 있다. 상황을 절망적으로 단언하고 허무주의에 파묻히도록 글을 끝맺는 건 어렵지 않다. 하지만 나는 그렇게 하지 않는다. 말을, 생각을, 단어를 잇다 보면 그렇게 끝나지 않는다. 내가 어쩔 수 없이 희극적이고 낙천적인 사람이라서 그렇다고 생각한다. 비록 사물의 비관적인 면을 먼저 보고, 염세주의자가 되어서 눈을 세모꼴로 뜨고 세상을 보기도 하지만, 결국 나는 어떻게든 이 상황을 똑바로 마주 보고야 말겠다고 생각한다. 나아가겠다고 생각한다.

이건 사실 내가 믿는 나의 면모이기도 하다. 나는 내가 나아갈 거라고 믿어, 그래서 지금의 주저앉음이 영원하지 않는다고 믿어, 그런 메시지를 스스로에게 계속 주입하는 거다. 나의 '우울 노트'에도 그런 흔적들이 군데군데 남아 있다. 이 노트를 돌아보면서 비로소 아, 내가 그런 사람이었구나. 나에게 그런 능력도 있구나, 하고 알게 되었다.

내가 이 노트에서 가장 좋아하는 부분은, 수영복을 입은 여자아이가 앉아 있는 그림이다. 인체에 대해서 공부할 생각도 없던 시절이라 비례가 엉망이지만, 아이의 몸에 '웅크리고 있어도', 아이의 다리에 '고래는 고래야'라는 글귀가 적혀 있다. 계속 숨을 쉬기 위해 일정 시간마다 물 밖으로 고개를 내밀어야 한다는 점에서, 그럼에도 나아가기를 멈추지 않는다는 점에서, 나는 고래를 좋아했다. 예전부터 그랬다. 웅크리고 있어도 고래는 고래야. 아파도 나는 나아갈 거야. 지금 바닥에 엎드려서, 가슴을 쥐고, 통증에 몸부림치고, 과호흡으로 숨이 엉망이 되어도 나는 나야. 그리고 하나 더. 지워질 여지도 없다는 듯이 뒤의 몇 페이지에 번지도록 네임펜으로 꾹꾹 눌러쓴, 아마도 소설 『꿈을 지키는 카메라』에 나왔을 문장을 읽을 때마다 고개를 끄덕인다.

"전 절대 저를 포기 안 해요."

마음이 꽉 차면 바다로 간다

지난해 가을 이맘때도 바다가 사무치게 보고 싶다고 생각했다. 마음이 너무 꽉 차서 빈 곳이 없을 때 바다가 생각난다. 바쁜 나날이 이어지는 봄가을에 더욱 그렇다. 바다에 갈 시간도 없이 바쁘게 지내다 보면 여름이 온다. 더위를 심하게 타는 내게 여름은 힘든 계절이다. 땀구멍으로 온몸의 기운이 새어나가는 것 같다고 느낄 정도니까. 그럼에도 그 덥고 습한 날 중 꼭 한 번은 바닷가에 갈 수 있다는 것, 발이나마 담글 수 있다는 것은 여름을 기다려야 하는 이유였다.

여름은 아직 오지 않았건만 이번에 어린이날을 끼고 학교가 길게 쉬는 바람에 가족과 함께 강원도 동해에 다녀왔다.

파도가 높아서 해안 도로를 따라 올라갈수록 서핑하는 사람들이 보였지만 아직 튜브를 내놓고 해수욕을 즐기는 사람은 없었다. 어느 바닷가였는지 기억나지 않는데, 차를 세우고 잠시 쉬어가기로 했다. 차에서 내려 발밑에 부서지는 모래를 밟으며 바다에 가까이 갔다. 가면서 운동화와 양말을 벗어 가지런히 놓았다. 자잘한 조개껍데기 위를 걸으면서 일찍 신발을 벗은 것을 잠시 후회했지만 계속 맨발로 걸었다. 마침내 물과 만나서 발을 넣었다. 해가 쨍쨍한 오후였다. 바닷물은 따스하지 않았다. 흠칫 놀랄 만큼 차가웠다. 아직 바다 물놀이 계절은 아니었다.

발을 담그고 수영하는 것도 좋지만 사실은 미동도 없이 서서 바라볼 때 바다에서 가장 많은 것을 얻을 수 있다고 생각한다. 끊임없이 춤추는 물과 모래의 경계선에서 바다가 후욱하고 물을 들이마시고 숨이 차서 견딜 수 없다는 듯 하얀 파도로 내뱉는 모습을 한참 바라본다. 시선을 점점 더 멀리 미끄러뜨린다. 한 뼘, 한 걸음, 훨씬 더 멀리, 수평선 가까이 본다. 물 색깔이 점점 검어진다. 바다는 아주 깊고 넓으니까 나 하나의 사념쯤 풀어놓고 가도 녹아 없어지지 않을까, 하는 생각으로 무겁게 가지고 온 기억을 내려놓는다.

"금방 나을 수 있어, 넌 의지가 강하니까"라는 이야기를 들었을 때 내려앉았던 가슴. 나는 내가 나을 수 있을지 없을지 생각하지 않는다. 아무래도 상관없다. 아주 가끔 예상하지 못한 고통과 차별로 불편할 때를 제외하곤 병이 이제 내게 조금 특이한 무늬의 점과 같이 받아들여진다. 이게 나야, 하고. 사람들은 낫기만 하면 모든 문제가 해결된다는 듯이 "넌 이겨낼 수 있어!"라고 말한다. 그 말을 들으면 어쩔 수 없이 반항하게 된다. 병이 꼭 나아야 하나? 병에 걸려도 내가 이렇게 빛나는데 그걸로 충분하지 않은가? "제 병은 안 나아요, 나을 수 있을지 없을지 몰라요" 하고 말해서 당황으로 얼룩진 그들의 얼굴을 구경하고 싶은 못된 마음이 고개를 든다. 단 한 마디의 응원으로도 잡생각이 꼬리를 문다. 수많은 생각이 바닷속으로 영영 가라앉아버리도록, 그 모든 것들을 파도가 쓸어가버리도록 한다.

아무리 모난 마음이라도 너그러이 품어주는 바다인데 어떻게 좋아하지 않을 수 있을까, 머릿속을 비워주는 바다를. 나는 발밑을 유심히 보다가 수면이 얕아질수록 투명하게 보이는 물속에서 붉은색 돌을 줍는다. 눈 깜짝할 새 쓸려 내려가려는 돌을 '낚아챘다'고 말하는 편이 정확할 테지만, 눈높이로 들어 햇빛에 비춰보면서 "바다가 내게 가져다준 돌이야" 하고 말한다. 이렇게라도 바다에게서 사랑받고 싶다. 어쩌다 손바닥만 한 조개껍데기가 발뒤꿈치에 걸리기라도 하면 "바다가 내게 신발을 신겨주었다"며 어쩔 줄 모르고 기뻐한다. 언제 찾아가든 나를 위로하는 바다가 그 자리에 변함없이 있는 까닭은 날 사랑하기 때문이라 믿고 싶어서다.

눈이 하얗게 멀면 아름다울까

시골에 있는 외갓집에 가서 하룻밤을 잤다. 외할아버지 생신이기 때문이다. 어렸을 적부터 자주 다녀 익숙한 방에 누워 불을 껐다. 불을 끄자 방 안이 칠흑 같은 어둠에 잠겼다. 도시에 있는 우리 집은 밤중에 불을 꺼도 바깥에서 아직 일하고 생활하는 사람들이 다닥다닥 가까이 있어 완전히 어둡지 않다. 처음에는 깜깜한 듯해도 조금만 있으면 어둠이 눈에 익어서 침대와 옷장의 윤곽은 물론 옆에 앉은 사람의 표정까지 알아볼 수 있다. 그러니까 나는 어둠을 모르고 자랐다고도 할 수 있겠다. 하지만 외갓집에서 잘 때의 밤은 다르다. 아주 약한 빛이 훨씬 멀리 있다. 눈이 어둠에 적응하기까지 한참 걸리고 적응하고 나서도 대강의 형태만 보일 뿐이다.

빛이 차단됐다고 생각이 차단되는 것은 아니다. 어둠은 오히려 깊고 긴 사색을 몰고 오는 것 같다. 아무것도 식별되지 않는 어둠 속에, 그간 내가 얼마나 시각 정보를 맹신했는지 생각한다. 손을 쭉 뻗으면 오른쪽에 차갑고 단단한 나무 벽이, 왼쪽에는 엄마가 길게 누워 있다는 걸 분명히 확인하고 누웠는데도 어쩐지 손을 뻗을 때 주저하게 된다. 거리를 가늠할 수 없기 때문이다.

나는 어둠이 싫다. 그 차갑고 축축한 고요가 싫은 것은 아니다. 친절한 어둠이 내려앉아 사위가 조용해지는 것은 오히려 반갑다. 하지만 내가 얼마나 빛과 눈에 의지했는지 알게 되는 그 순간 숨이 턱, 막힌다. 그렇다면 하얀 어둠은 어떨까?

이전에 병원에 갔을 때 안압이 너무 올라가서, 안압이 이대로 유지된다면 한 달 안에 시신경이 모두 죽어 눈이 멀 거라는 이야기를 들었다. 그때 나는 눈이 먼 나를 생각했다. 그전에는 볼 수 없었던 세계가 펼쳐지겠지만, 그것의 대가로 내가 사랑하는, 지금 보이는 세계를 잃는 것을 생각했다. 그런 상황을 어떻게 받아들여야 할지 도무지 짐작조차 되지 않는데 그때를 상상하려고 애썼다.

2주 전쯤 서점에 갔다. 문구류를 진열해놓은 곳과 도서를 진열해놓은 곳의 밝기가 약간 달랐다. 문구류가 진열된 곳이 조금 더 밝았다. 책이 꽂힌 서가 사이로 가면 괜찮은데 인형과 편지지와 필통이 즐비한 곳으로 가면 시야가 불편했다. 어떻게 형언해도 정확하지 않을 듯한 거슬림이었다. 눈앞이 반짝거린다고 해야 하나, 뿌옇게 보인다고 해야 하나, 글씨가 보였다가 다시 보이지 않고 이상하게 초점이 맞지 않는 느낌이었다. 정기적으로 안압을 측정할 겸 다시 안과를 찾았다. 백내장 초기라고 했다.

백내장은 수술하면 다시 앞을 볼 수 있는 질병이라고 했다. 고칠 수 있는 병이니까 걱정할 것이 하나도 없다. 긴장감을 가지고 정기 검진일을 기다려 찾은 대학병원의 안과 선생님도 별다를 것 없다는 듯이 대했다. 현재로서 어쩔 수 없고, 심하지도 않은 단계라고. 분명 그랬다. 하지만 어딘가 석연치 않았다. 마음의 아주아주 구석진 부분이 비틀리듯 죄어드는 기분. 나는 이 감정을 알았다. 이건 '두려움'이었다. 내가 졸아드는 듯한 이 느낌. 나는 겁먹고 있었다. 그렇지만 내가 아직 알지 못하는 고통을 미리 두려워하는 것이, 이미 이 고통을 아는 사람들에게는 실례이고 상처일까 봐 그 감정을 인정하고 싶지 않았다. 하지만 이제는 두려움과 받아들임이 함께 있을 수 있다는 걸 안다. 그래서 나는 두렵다고 말하는 것을 두려워하지 않기로 했다.

두려운 와중에도 다시 상상한다. 어떻게 생활할지, 수술하게 될지 안 해도 될지. 그리고 그때 보일 세상은 어떨지. 하얗게 눈이 멀어서 백내장이라고 했다. 눈이 하얗게 멀면 흰 눈이 쌓인 것 같을까? 어쩌면 아름다울 수도 있지 않을까? 아름다울 것이라고 상상해도 될까? 불편하더라도 그 틈새에서 내가 볼 것이 있을 거다.

수학을 푸는 기분

나와 수학의 인연은 질기고도 아릿하다. '수학'을 했다고 처음 기억하는 건 유치원 때 교구 놀이다. 몬테소리 교육 방식을 따른 우리 유치원은 아침마다 교구를 가지고 노는 시간이 있었다. 집게로 색색의 구슬을 하얀 그릇에서 초록색 그릇으로 옮기거나, 굵고 뭉툭한 바늘에 실을 꿰어서 송송 구멍 뚫린 스티로폼 판을 바느질하는 등 몇 가지는 아직도 재미있는 기억으로 남았다.

유치원을 다닌 3년을 통틀어 가장 부끄러운 일은 아이들 앞에서 선생님께 불려 나가 '왜 수학 교구만 안 하냐'는 말을 들었던 것이다. 뭐든 배우고 해내는 것을 좋아했는데 수학

교구를 한 횟수만 유독 적었다. 그때부터 수학은 잘하고 좋아하는 아이가 따로 있고 그게 난 아니라고 생각했다.

중학교에 오자, 수학학원을 다니지 않는 친구가 없었다. 초등학교 고학년 때부터 다니던 친구들이 있었기에 중학교 1학년 2학기에 수학학원에 첫발을 디딘 나는 이미 늦어 있었다. 뒤처진다는 생각은 나를 정말로 뒤처지게 했다. 수학 시간이 즐거웠고, 수학학원에 다니는 일이 피곤하긴 했어도 싫은 건 아니었는데 수학 시험 성적은 낮게 나왔다. 중학교 2학년 첫 수학 시험을 본 뒤 정말 많이 울었다. 두 번째도, 세 번째도, 네 번째도 그리고 3학년에 올라가서도 나는 울면서 수학 문제를 풀었다. 수학을 공부한 기억은 정말 몰입했거나, 속상하고 답답하고 불안해하거나 둘 중 하나의 감정으로 완전히 물들어 있다.

얼마간 투병하면서 내신, 대학 입시 등의 문제에 많이 초연해졌다고 여겼다. 물론 시험 기간이 되면 불안하고 예민해져서 잔뜩 가시 돋친 말과 행동을 하지만, 이제는 그것이 나의 전부라고 생각하지 않는다. 하지만 수학은 이 모든 것과 별개로 이따금 어깨를 무겁게 짓누른다. 수학을 싫어해서 재능이 없다고 말하기에는 수학이 재미있을 때가 있다. 수학은 반짝 재미있다가 금세 당위 혹은 의무로 돌아온다. 그 반짝 때문에 혹시 내가 수학에 재능 있고 수학을 열렬히 사랑하는 조금의 가능성이 있을까 봐 나는 마음을 편히 먹지 못한다. 더 잘하고 싶다.

나는 모든 배움을 사랑한다고 말하고 싶은데 수학만 유독 힘들어한다는 것을 인정하는 게 자존심이 상한다. 수학이야말로 모든 과목의 기본이라고, 수학을 잘해야 논리를 가질 수 있다고 어릴 때부터 귀에 못이 박히도록 들어온 탓일지도 모르겠다. 논리를 가지고 싶고, 탄탄한 초석 위에 다른 학문을 쌓아올리고 싶으니까. 그러니 수학을 반드시 잘해야 한다고 생각하는 것은 어쩌면 알량한 과시욕에서 비롯했을 수도 있겠다.

금요일 밤마다 삼켜야 하는 약은 토요일의 나를 아무것도 못 하고 꼼짝없이 침대에 누워만 있도록 한다. 지난 토요일에도 그랬는데, 이번 주엔 특히 더 절망스러웠다. 기말시험이 코앞이었기 때문이다. 나는 병원에 다니고 아프느라 수업을 많이 빠졌다. 복습도 예습도 할 시간이 없었다. 수업 시간에 집중하고 열심히 듣는 것만이 최선이었다. 당연히 예전에 목표하고, 하던 만큼 공부해낼 수 없었다. 아프느라 시간을 '허비'한다고 생각하니 나 자신을 용서할 수 없었다. 이번 금요일 밤에는 목구멍으로 넘어가는 이 약이 나에게서 생명 빼고 모든 걸 앗아간다는 생각이 들었다. 그런 생각을 하면 약이 독이 있는 쏠배감펭처럼 가시를 세우는 것 같다. 매끄럽게 넘어가던 약이 갑자기 따갑다.

이렇게 부담을 가지는 것이 바로 수학에 재능이 없다는 증거인지도 모르겠다. 적어도 수학이 아닌 다른 과목과 분야에 재능이 더 많음을 시사한다는 건 확실하다. 그래도 수학 공부에 손 놓을 수 없다. 포기하고 싶을 때쯤 신기루처럼 재미와 성취감이 피어오르고 혹시나 포기하지 않는다면 목을 적실 수 있을 만큼의 단물을 맛볼 수 있을까 봐 그렇다. 달콤한 독배를 마시는 기분으로 수학에 집착한다. 입에 쓰고 몸에 좋은 약을 삼키는 기분으로 수학을 푼다. 그러나 무엇보다도, 수학에 패배하고 싶지 않다는 마음으로 문제집을 편다.

연극이 끝나고 난 뒤

학교 강당에서 연극을 올렸다. 꼬박 7개월을 준비하고 연습한 연극이었다. 이번에 올렸던 연극은 판타지 장르의 짧은 극으로, 불안한 감정을 다루는 법에 대한 고민을 풀어나가는 내용이었다. 어떤 이유에서든 저마다의 불안감을 느끼는 친구들이 만나 만든 연극이라서 우리가 듣고 싶은 조언이 담겨 있었다. 영웅이 나타나 악당의 얼굴을 한 불안함을 없애준다는 통쾌한 내용은 아니었다. 평범하고, 어떻게 보면 진부한 이야기였다. 그렇지만 그런 이야기를 마음에 와닿게 하고 싶었다. 너무 슬프지도, 너무 지루하지도 않게, 그러나 일상의 이야기를.

올해 초 겨울방학에 친구 연정이가 연극을 올리려는데 대본 쓸 사람을 구한다는 말에 흔쾌히 자원했다. 무슨 이야기를 쓸지부터 대사 하나하나 친구들과 머리를 맞대고 만들어 갔다. 대본 작업이 다 끝난 후에 연극이 무대에 오르기까지 무대 스텝으로 참여해주지 않겠냐는 고마운 제안을 받았다. 덕분에 리허설 내내 그리고 본 공연까지 무대 뒤편에서 바쁘게 오가며 소품을 옮기고 준비하는 과정에 참여할 수 있었다. 소품으로 사용한 짙은 회색의 나무 문 뒤에서 내가 쓴 대사를 들었다. 마지막까지 고치고 싶은 내용도 많았지만 내가 하고 싶은 말, 내가 듣고 싶은 말이 담겨 있어서 들을수록 좋았다. 연극의 모든 말이 나에게 하는 말 같았다. 연극을 만드는 건 이런 느낌이구나.

작년에도 연극을 올릴 기회가 있었다. 당시에도 대본 쓰는 작업에 참여했다. 하지만 약을 먹고 부은 내 얼굴이 무대에 오르는 것, 촬영으로 기록되는 것이 부담스러웠다. 금세 방전되는 체력도 마음에 걸렸다. 결국 배우 한 명 한 명을 강조시킬 때 사용하는 원 모양의 조명을 다루는 일을 맡았다. 내가 있던 곳은 무대 위는커녕 뒤쪽도 아니었지만 무대를 정면으로 바라볼 수는 있었다. 커다란 조명 기계의 높은 온도를 온몸으로 느끼는 건 재미있었다. 실제로 중요한 역할이기도 했다. 내가 만드는 데 참여한 이야기가 어떻게 입체화되는지 그 과정을 앞에서 모두 지켜보는 것은 분명 흐뭇한 기분이었다. 연습에 연습이 거듭될수록 배우 친구들의 연기는 늘어갔고 장면의 전환도 익숙해져서 극이 매끄러워지는 것을 보며 뭉클하기도 했다.

하지만 내가 정말 하고 싶었던 것은 그게 아니었다. 무대에 올라갈 수 없도록, 나는 못 할 거고 안 할 거라며 나 자신을 제한한 것은 분명 나였다. 그럼에도 불구하고 내가 그렇게 할 수밖에 없었던 것은 병 때문이라고 생각했다. 연극이 끝나고 방 안에 틀어박혀 며칠 동안 눈가가 짓무르도록 울었다. 내 방은 조명이 다 꺼진 무대보다 캄캄했다. 암전 중의 무대 뒤쪽에는 소품을 책임지는 친구들이 바쁘게 움직이는데, 하고 싶다는 말 한마디 꺼내지 않고 자원해서 무대에서 내려간 내가 너무 한심했다.

지금까지는 찾아서 보러 다닐 만큼 연극을 좋아했던 것은 아니었다. 중학교 1학년 때 자유학년제의 일환으로 연극 수업을 재미있게 들었던 것을 제외하면 연기와도 담을 쌓고 지냈다. 담을 쌓았다고 하기에도 먼 이야기였다. 연기를 하는 것은 내가 아니었다. 무대에 오르는 것을 꿈꾸는 것은 상상조차 해본 적 없다. 하지만 다른 친구들이 무대를 꾸려나가는 것을 보면 부러웠다. 그들은 내가 모르는 것을 알고 있었다. 무대에 오르는 희열, 노력과 연습을 남들 앞에 보이는 것, 그리하여 모든 시선을 한 몸에 받는 것, 그리고 잠시나마 내가 아닌 다른 사람이 되는 것! 그건 어떤 기분일까? 연극 한 편을 끝낸 친구들의 얼굴은 발갛게 상기되어 있었고 박수갈채가 쏟아졌다. 나는 그 모든 걸 멀리서 지켜봤다.

그리고 올해 소중한 기회로 무대에 조금 더 가까워졌다. 연기가 정말 해보고 싶은 것인지 나에게 물었다. 재미는 있을 것 같았지만 이번은 배우들과 등 쪽을 맞대고 있는 것으로 충분히 행복했다. 그토록 안타까워해놓고, 왜 그랬을까? 내가 정말 하고 싶었던 것이 연기나 무대 스텝으로 특정되는 역할이 아니었을지도 모른다는 생각이 들었다. 함께 극을 만들고 있다는 기분, '병 때문'이라며 내가 벗어나서는 안 될 원을 주변에 그어놓고 거기서 빠져나가지 못한다며 슬퍼하지 않아도 되는 상황을 그리워하고 바랐던 것일지도 모른다. 나는 연극을 만들었고, 배우가 아니어도 무엇이든 될 수 있었다. 연극은 그런 거였다. 내가 무엇이든 될 수 있도록 해주는 것.

나무 그루터기의 충실함

얼마 전에 열한 살 남동생과 열네 살 이종사촌 동생이 어른들 없이 둘이서만 시외버스를 타고 원주에 있는 외가댁에 다녀왔다. 오후에 가서 하룻밤 자고 다음 날 오후에 다시 둘이서 버스를 타고 돌아왔다. 사촌 동생은 우리 집에서 엎어지면 코 닿을 거리에 산다. 그래서 우리는 종종 이모네 집에 놀러 가서 저녁이나 늦은 밤 시간을 함께하곤 한다. 친구들의 이야기를 들어보면, 사촌 동생들과 우리 집처럼 가까이 지내는 집이 적은 것 같다. 나는 고종사촌과 이종사촌 모두와 어린 시절의 많은 부분을 공유하고 있고, 지금도 사이가 꽤 가까운 편이다. 나와 나이 차이가 많이 나는 남동생은 네 살 위의 사촌 형과 종종 게임이나 운동을 같이 하는데, 둘 다 커갈수록 의견 차이를 빚는 일이 많다. 무엇을 하고 놀지, 누가 소파를 차지하고 앉을지 등 한 치도 양보할 수 없는 치열한 주제로 싸운다. 내가 열세 살, 우리 언니가 열여섯 살이 될 때까지 우리를 떼어놓는 것을 엄마가 수없이 고민했을 정도로 많이 싸워댔다. 우리도 누가 차 뒷좌석에서 더 많은 자리를 차지하고 앉을지, 누가 엄마 옆에서 잘 건지 등 사소하고 중요한 문제들로 싸웠다. 두 동생을 보면 형제 관계의 역사를 똑같이 체험하는 것 같아 신기할 때가 많다.

나와 우리 언니도 동생들과 마찬가지로, 어렸을 때 방학마다 둘이서만 버스를 타고 외가댁에 가곤 했다. 개울과 강의 중간쯤 되는 물줄기가 마을에 흘렀다. 여름에는 물놀이할 곳이 많았고 겨울에는 꽁꽁 언 얼음판에서 나무판자에 쇠붙이 날을 붙인 썰매를 타곤 했다. 외할머니와 외할아버지가 바쁘실 때는 마당에서 물총 놀이를 한 기억도 있다. 언니는 적극적으로 공격하고 나를 자주 물에 젖게 했다. 나는 움직이는 걸 좋아하지 않았고, 언니를 이길 수 있을 것 같지도 않아서 물에 발을 담그고 있거나, 적게 움직여서 언니를 최대한 많이 적실 수 있는 방법을 고민했다. 그래도 돌을 둥글게 쌓아 물을 가둬놓거나 돌탑을 만들 때는 언니만큼 마음이 잘 맞는 놀이 상대가 없었다. 어디를 보수해야 될지 가타부타 말을 주고받지 않아도 다 알고 있었다. 무언가 짓고 그리고 만들 때 함께하기가 그만큼 편한 상대를 만난 적이 없다. 물론 서로의 욕심이 충돌할 때 그만큼 까다로운 상대도 없을 것이다.

작년에는 언니도 나도 매일 똑같은 곳에서 똑같은 것들을 하고 똑같은 사람과 부딪치는 데 신물이 나 있었다. 언니는 새로 입학한 학교를 구경조차 하지 못했을 때였고, 나는 끈적한 외로움에서 벗어나지 못하고 있었다. 아직 친하지 않은 고등학교 친구들에게 아픈 이야기를 털어놓을 수도 없었고, 이미 알던 중학교 친구들에게도 그럴 수 없었다. 남들이 이해하지 못할 영역에서 나는 혼자 몸부림치고 있었다. 우리는 여름방학과 추석 사이쯤에, 외가댁으로 향했다. 외할머니와 외할아버지, 지루하고 외로운 마음이 대패처럼 밀려 나오지 않던 시절이 거기에 있을 것이었기 때문이었다.

그때 가서 일기를 쓰지 않았기 때문에 정확히 뭘 했는지는 모르겠다. 아마 맛있는 것들을 먹고, 쉬고, 자고, 놀았겠지. 나로 하여금 생각을 하도록 하는 모든 것들로부터 의식적으로 시선을 돌린 채로. 언니와 많은 이야기를 했던 것도 같고

별로 많은 이야기를 하지 않았던 것도 같다. 나에게 남아 있는 것은 그때 넷플릭스에서 함께 봤던 〈보건교사 안은영〉과 긴즈버그에 관한 영화 두어 편, 그리고 코미디 재난 영화 한 편. 〈보건교사 안은영〉은 몇 년 전에 책으로도 읽었다. 외가댁에 가서 세 번인가 돌려 보았다. 각각 다른 사람들과 함께. 집에 올 때는 아쉬웠고, 더 쉬고 싶다고 생각했다. 나중에 이모가 말하기를, 원래 잘 쉬면 더 쉬고 싶다는 생각이 드는 거라고 했다.

외가댁 하면 『아낌없이 주는 나무』의 그루터기만 남은 나무가 생각난다. 무엇이든 해주고 싶어 하시는 외할머니와 외할아버지의 마음 때문만이 아니다. 외할아버지와 외할머니는 내가 본 사람들 중 가장 순간에 충실하며 살아가시는 분들이다. 나는 아낌없이 주었던 나무가 그 어떤 존재보다 순간순간에 집중했다고 생각한다. 찬란했던 나뭇가지와 탐스러운 열매, 풍성한 나뭇잎에 대한 미련으로 울지 않고, 무엇을 할 수 있는지 계속해서 찾아내는 모습이 그렇다. 또 하필이면 맨 마지막, 그루터기 모습을 떠올리는 이유는 외가댁이 나의 쉼터라고 생각하기 때문이다. 많은 것을 얻어온 역사가 켜켜이 나이테로 쌓이고, 이제는 힘들 때 앉을 수 있는 곳. 그

곳에 앉아서 나와 언니는 다투었고, 많은 이야기를 했고, 이야기를 하지 않기도 했고, 등을 맞대고 앉았고, 가만히 있었다. 이제 그루터기의 그늘 속에서 둘만의, 그리고 각자의 생각을 하는 동생들을 보았다.

갈비뼈를 조이고 엉덩이를 닫고

학교를 다니면서 체력난에 허덕였다. 잘 움직이지 않았고, 약 부작용으로 근육이 사라지면서 체력도 바닥을 쳤다. 체력을 끌어올리고 유지하는 건 오래 걸리고 힘든 일인데 왜 사라지는 건 한순간인지 모르겠다. 밑이 깨진 콩쥐의 항아리 같다. 물을 길어다 붓고 또 부어도 아래에 난 구멍을 통해서 물이 빠져나가는 것 같다.

방학을 맞아 요가를 시작했다. 처음은 아니다. 병을 진단받기 전 몇 개월 다니다가, 병원에 입원하면서 그만두었다. 학교에도 제대로 못 가는데 요가를 다닐 수 있을 리 없었다. 지금 돌이켜보아도 신기하다. 병을 진단받기 불과 하루 전날도 운동을 하고, 여름날 뙤약볕 아래 20분가량을 걸어 하교하고, 수학학원도 다녀왔는데, 병을 진단받고 다음 날 입원해서 일주일 후에 퇴원하고 나서는 계단으로 한 층을 오르는 것조차 힘든 몸이 되었다는 것이. 한꺼번에 너무 많은 약을 복용하게 되어서인 걸까? 병이 급성기를 맞았기 때문일까? 일주일 만에 상황이 그렇게 갑자기 달라지는 것이 말이 되는 이야기인지 모르겠다. 학교 가기 싫고, 운동하기 싫고, 학원에 다니기 싫었던 내 마음이 만들어낸 환상은 아닌지 수도 없이 고민했다. 하지만 꽤나 오래전부터 그 모든 일들이 버거웠던 것은 맞는 것 같다. 아마 해낼 능력이 안 되니까 그토록 싫어했겠지. 그렇게 생각하는 것이 아귀가 맞는다.

꽤나 다양한 종류의 운동을 해봤는데 가장 나에게 잘 맞았던 것은 요가였다. 무겁게 짓누르는 생각을 비워내고 나 자신을 깊이 바라보는 법을 배울 수 있어서 좋았다. 무엇보다 다른 운동과 달리 지극히 개인적이고, 조용했다. 가장 놀라웠던 건 운동할 때 사용하는 독창적인 언어였다. 요가를 만들고 발전시킨 사람들은 상상력이 대단한 것 같다. '갈비뼈를 조이고', '몸에 따뜻한 기운을 불어넣고', '엉덩이를 닫고', '목을 뽑'으라고 한다. 그리고 동작을 직접 해보면 매우 어렵지만, 한편으로는 어떻게 몸을 써야 하는지 알 수 있다. 그보다 정확한 표현은 없을 것 같다.

오늘 오전에 다녀온 요가는 척추 부분을 집중적으로 쓰는 수업이었다. 선생님이 기어가듯 무릎을 바닥에 대고 엎드린 자세에서 어깨를 움직이지 말되 날개뼈는 조이라고 하셨다. 연습할 시간을 주셨는데 나는 끝끝내 성공하지 못한 것 같다. 어깨와 날개뼈를 따로 움직이는 것은 병과 그로 인해 생긴 좌절감을 따로 떼어 생각하는 것만큼이나 힘들다. 두 부분이 밀접하게 연결되어 있다는 것이 특히나 비슷하다. 하지만 병과 좌절감은 섬세하게 구분할 필요가 있다. 내가 처한 상황을 객관적으로 바라보고 받아들이는 것과, 이전과 비교하면서 기대치만큼 해내지 못한다고 슬퍼하는 것이 분명히 다르기 때문이다. 어깨와 날개뼈가 분명히 다르듯이 말이다. 내가 해야 할 일은 두 개를 모두 정확히 파악하고 무엇을 움직여야 할지, 지금 느껴야 할 것이 무엇인지 알아내는 것이다.

등 근육이 발달하고, 그 자세를 계속 연습하다 보면 익숙해질 거라고 선생님은 말씀하셨다. 요가 수업뿐만 아니라 일상적으로 앉아 있을 때도 배에 힘을 주고, '갈비뼈를 닫'고 어깨를 펴고 '골반을 밀어'내면서 몸의 평형을 유지하라고 말이다. 몸의 평형을 유지하는 것이 대부분의 요가 동작에서 필수적이고, 가장 단순해 보이지만 가장 어렵다. 자세의 모양만 따라하는 것이 아니라 몸속 깊은 곳부터 힘을 골고루 나눠서 온몸을 다루어야 하기 때문이다. 부들부들 떨리거나 숨이 멈추지 않도록 호흡을 조절하기까지 해야 한다.

숙련이 되면 마음을 비워내는 것이 훨씬 쉬워진다고들 한다. 일상생활에서도 여유를 가지게 될 수 있다고. 무엇을 하든 드러내지 않고, 동시에 아무것도 숨기지 않고 안정적으로 숨을 쉬면서 중심을 잡는 것은 어렵다. 동요하지 않는 것. 나는 표면이 물결치고 주변에 폭풍이 몰아쳐도 안으로, 안으로 수렴하는 강한 힘을 가지고 싶다.

길치라도
상관없어

어렸을 때부터 소나무처럼 고스란히 키워온 습관이 있다. 습관이라고 하는 것이 적절한지 모르겠다. 습관은 어떤 행동을 계속하다가 길들어버리는 것이라면, 이 경우는 불가항력적인 것이고, 늘 새로우니까. 나는 심한 길치다. 지도를 잘 볼 줄 모르거니와 잘 보려고 하지도 않는다. 태어나서부터 죽 같은 동네에 살았는데, 우리 집을 중심으로 반경 500미터가량을 벗어나면 모든 방향성을 잃는다. 일곱 살 무렵 집에서 1분도 채 걸리지 않는 거리에 있는 사촌 동생네 집에 놀러 가다가 길을 잃어 비슷비슷하게 생긴 다른 아파트 10층마다 초인종을 눌러보다가 엉엉 우는 나를 고모부가 데려온 일은 아직도 회자될 만큼 전설적이다.

그 외에도 특히 기억나는 사건을 몇 개 꼽자면, 열한 살 때 친척이 살고 있는 미국 워싱턴 D.C.로 놀러 갔는데, 집으로 보내는 편지를 부치려다가 친척의 집에서 우체통으로 가는 그 10분가량의 길 위에서 미아가 되었다. 가는 건 잘 갔는데 돌아올 때 괜히 다른 길로 오려다가 길을 잃은 것이다. 집은 거의 비슷비슷하게 생겼고 설상가상으로 집 주소도 몰랐다. 어떻게 그렇게 대책 없이 행동했는지 지금 생각하면 의아하기도 하다. 사촌 동생은 곁에서 안절부절못하고 있었다. 언니, 내가 여기로 오지 말자고 했잖아. 언니…. 이미 온 걸 어쩌겠니. 지금도 그때도 가만히 있는 성격이 아니었기에 주변을 배회하다가 붉은 피부의, 배가 조금 나온 금발 아저씨를 만났다. 아저씨가 우리를 데리고 여러 동네를 돌아다니다가 친척 아저씨를 발견해서 잘 인도되었다. 끝까지 우리가 아는 사람임을 제대로 확인해주었던 금발 아저씨의 친절함에 감사를 표하고 싶다.

그런가 하면 또 열여섯 살 때의 여름에는 혼자 엄마가 일하는 곳에 가려고 버스에 올라탔는데, 버스 안내 방송이 잘 들리지 않아 마침 멈춰 선 정류장에서 내렸다. 당시 나는 스마트폰도 가지고 있지 않았고, 도착지 외에는 정류장 이름을 외우고 있지 않았다. 그래서 내가 선택한 것은, 시간도 많겠다, 그냥 앞으로 걸어가기 시작한 거였다. 걷고 걷다 보니 20분쯤 지나 엄마의 직장 근처 내가 어렸을 적 다녔던 학원가가 보였다. 유레카! 길을 잃어도 빙빙 헤매다가 어찌저찌 목적지에 도착하다 보니 기이한 자신감이 생긴 것일까, 이 이야기를 들은 가족들과 친구들은 버스에서 무작정 내린 것에, 바로 다음 버스를 기다려서 타거나 주변 사람들에게 도움을 요청하지 않고 앞으로 직진해버린 무모함에 혀를 내둘렀다. "도대체 왜 그러는 거야? 지도라도 보든가!" 나는 지도를 보지 않는 것이 아니다. 다만 지도보다는 상상 속의 길을 조금 더 믿고, 다른 생각을 하다가 들어갈 골목을 놓치고, 길을 잃은 후에야 지도를 제대로 들여다보는 것뿐이다.

아직도 내가 어딘가에 혼자 가겠다고 하면 주변 사람들은 못 미더워하며 만나고자 하는 사람에게 꼭 데리러 나오라고 하라고 말한다. 물론 나를 잘 아는 사람들은 내가 잘 아는 곳에서만 만나자고 한다. 전적이 있기에 민망하게 웃어넘길 수밖에 없다.

어제는 지하철을 타고 친구를 만나러 다녀왔다. 주위의 염려를 무릅쓰고 오랜만에 혼자 길을 나선 것이다. 오전 11시쯤의 지하철은 붐비지 않았다. 사람들은 휴대폰에 코를 박고 귀에 이어폰을 꽂고 저마다 어디론가 가고 있었다. 색색깔 다른 옷을 차려입고 바쁘게 자신에게만 집중해 길을 가는 사람들을 구경하는 재미가 쏠쏠했다. 매일 같은 사람들이 정확히 같은 모습으로 한 치의 오차도 없이 움직이는 것이 아닌 한 지하철역은 매일 달라진다. 공간을 이루는 것들이 변하니까. 정류장으로 내려가는 길에 낯선 할머니가 다가와 "이쪽에서 지하철을 타면 복정역에 갈 수 있냐"고 물었다. 나는 속으로, '내게 길을 묻다니, 그리고 이 동네 토박이인데도 모른다고 대답해야 하다니, 언니가 알면 비웃을 텐데'라고 생각하며 모르겠다고 말했다. 어리둥절하고 씁쓸한 기분으로 내려와 벤치에 앉았다. 마침 머리 오른쪽 뒤편에 노선도가 있어 들여다보니 복정역으로 가려면 반대편 열차를 타야 했다. 앗.

초등학교 때부터 같은 노선의 지하철을 셀 수도 없이 많이 탔지만 나는 길을 제대로 찾기는커녕 노선도의 정류장 몇 곳도 제대로 외우지 못한다. 매일매일 이미 알던 길을 잊기라도 하듯 주변은 늘 새롭고 놀라운 것투성이다. 걸으면서 다른 생각을 하면 어느새 그것들이 서로 엮여 상상 속의 길을 만들어 나를 이끈다. 길을 잃게 하는 것은 어떤 날은 내가 좋아하는 친구에 대한 걱정이고, 또 어떤 날은 나를 서운하게 만드는 매몰찬 거절이고, 가끔은 예상치 못하게 받은 선물이다. 나의 일상을 이루는 부스러기 같은 순간들. 그중에는 병과 병으로 잃은 것들과 그것에서 출발한 새로운 생각도 있다. 나의 병은 조금 큰 부스러기이다. 지금껏 길이라고 알아왔던 것과 완전히 다른 길을 상상하게 하는 매개체다. 내가 어디에 있든 길을 잃는 이유는 바로 그것이다. 생각에 걸려 넘어지듯 전혀 다른 길로 빠져버리기 때문이다.

자신할 수 있는 것은 길을 잃어도 당황하지 않는다는 것이다. 길을 잘못 든 것을 알아차리면 다시 제대로 가면 그만이다. 내게 길을 물은 할머니처럼 나도 누군가에게 길을 물을 수 있다. 대답을 못 들을 수도 있고 그 누군가도 길을 모를 수도 있지만 결국에는 어떻게든 도착지에 가게 될 것이라고 믿는다. 지금껏 그래왔다.

결국 그 할머니가 지하철을 탔는지는 알 수 없다. 아마 나보다 지리에 밝은 누군가 올바른 방향을 안내해드리지 않았을까?

열여덟
그 나이

해가 바뀌고 만으로 열일곱 살이 되었다. 한국 나이로는 열여덟. '그 나이'. 비가 오기 전날 오후였다. 라일락 향이 희미하게 밴 녹진한 공기를 들이마시다가 문득 생각했다. 아, 내가 그 나이가 되었구나. 7년 전, 막연하게 생각했던 그 나이를 기어코 맞았어.

처음 병을 진단받은 날과 그다음 날 입원해 병실 복도 의자에 털썩 주저앉아 바라봤던 병원의 창백한 천장이 생각난다. 내가 아프다는 소식을 들은 나와 가까운 사람들은 눈시울을 붉혔다. 과호흡이 와서 자기 숨을 감당하지 못하는 나를 보던 할머니도 연신 눈가를 찍어내셨다. 그들의 눈물을 생각하며 나는 병원이 눈물로 가득하다고 생각했다. 그 모든 눈에서 흐른 눈물에 발목까지 잠길 것이다. 아무도 모르는 사이 가슴께를 지나 입술과 코와 눈을 넘어서까지 물이 차오를 것이다. 모든 환자와 보호자는 아가미를 달아야 겨우 숨을 쉴 수 있을 것 같다고, 그런 상상을 했다.

물과 눈물과 아가미. 일렁이는 검푸른 바다. 생각은 나를 자연스럽게 2014년의 그날을 헤엄치도록 만들었다. 고작 열한 살에 불과하던 어린 날의 4월 16일에 지금도 무얼 했는지 무슨 생각을 했는지 생생하게 떠오른다. 아마 나를 비롯해 많은 사람이 그럴 것이다. 청소 시간, 나는 교실 뒤편 사물함 앞에 서 있었다. 사회 시간에 잠시 포털 사이트를 접속한 선생님을 통해 이미 뉴스를 접했던 차였다. 친구와 나누었던 대화가 아직도 생각난다. "아까 봤지. 커다란 배가…" "얼마나 큰 배인 거야?" "몇 명이나 타고 있을까?" 청소를 마치고 계단을 내려가면서 은색 난간을 손으로 주욱 쓸면서 큰 배가 넘어지는 광경을, 이유를, 그 안에 있었을 사람들을 생각했다. 난간에 쓸린 손이 마찰 때문에 쓰라렸다. 어떤 상황이었을지 겁도 없이 상상하던 나는 당장 손바닥이 아파 오는 감각에 울상을 지으며 손바닥을 후후 불었다.

병원에서 나는 열한 살 그 봄날 저녁에 느꼈던 손바닥의 고통과 전혀 다른 아픔의 결을 헤아리고 있었다. 병을 안 지 이틀째였다. 오랫동안 투병하는 일에 대한 감각도, 그 과정에서 내 연약함을 얼마나 뼈저리게 느낄지도 전혀 알지 못하던 때였다. 그럼에도 내가 가는 길이 즐겁지만은 않으리라는 걸 알았다. 나는 아팠고, 그걸 견디는 일은 꽤 지난할 것이었다. 아픔을 견디는 일은 1초가 됐든 1분이 됐든 하루가 됐든 몇 년이 됐든 그 순간순간이 지겹고 마구 구겨져버린 나를 바라봐야 하는 일이니까. 바닷속으로 가라앉은 사람들의 고통은, 그리고 그들을 잃어서 삶이 마치 없이 찢겨나간 사람들의 고통은 얼마나 진하고 날카롭게 구겨진 것일까? 그걸 떠올리는 것만으로도 아득해졌다.

병을 진단받은 날로부터 1년 6개월 정도의 시간이 흘렀다. 나는 아직도 고통을 모른다. 내가 아는 건 오직 내가 겪어본 아픔일 뿐이다. 다른 사람들의 아픔은커녕 내가 앞으로 느낄 고통조차 전혀 알 수 없다. 손톱 밑 거스러미가 뜯기는 일처럼 어떤 고통은 자주 찾아오지만 어느새 사라져서 잊게 되는 반면, 어떤 고통은 머리를 무겁게 짓눌러서 아무렇지 않은 듯 밥을 먹고 다른 사람들과 대화를 나누다가 입가에 실없는 웃음을 짓는 것과 같은 일상을 이어나가는 동안에도 시달려야 만 한다. 그 모든 아픔의 종류와 원인과 어떻게 느끼는지가 각자 달라서 나는 누구에게도 심지어 나에게도 너의 힘듦을 알아, 내가 그것을 온전히 이해하고 있어, 하고 말할 수 없다.

내가 할 수 있는 일은 다만 누군가 아팠고 아프지 않기 위해 애써야 한다는 일을 기억하겠다고 약속하는 것뿐이다. 같이 기억하자고 말하고 그걸 위해 학교에서 진행하는 세월호 추모 주간 준비 위원회에 들어가서 여러 나눔을 함께하는 것 등이 그 약속을 지키기 위해 내가 할 수 있는 일의 전부다. 그날에 아팠던 사람들이 흘린 눈물은 바다에 녹아 누군가는 숨을 쉬기 위해서는 아가미가 필요하다고 느꼈을 것이다.

4장

모서리를 들여다보는 일

죽음

지난 학기에 정세랑 작가의 『시선으로부터,』(문학동네, 2020)를 읽다가 밑줄 친 부분이 있었다.

> "아팠던 아이들은 언제나 삶을 미래완료형으로 생각하고 마는 것이다. 마음속 미래에서 우윤은 죽어 있었다. 죽고 난 다음 돌아보는 형식으로 지금의 삶을 판단하는 꼬인 시점이라서 고민되는 것이다. 무엇이 중요한가? 무엇이 의미 있는가? 무엇이 부질없는가? 삼 년 뒤에 죽는다면 지금 어떤 선택을 할 것인가? 어느 것이 주입된 욕망이고 또 오로지 자신의 욕망인가?"

나는 나에 대한 이야기를 쓰고 싶다. 무슨 영화를 좋아하는지, 무슨 노래를 좋아하는지, 어떤 색깔이 싫은지, 어떤 상황을 피하고 싶은지… 아프기 전에도 이 모든 기준들이 내게 있었던 것 같다. 그런데 지금 떠올려보면 모든 것들이 내가 '아프기 때문'이라는 생각이 든다. 어째서 이 책을 좋아하는지, 어째서 이 인물에 나를 투영했는지, 어떤 노래의 가사가 심금을 울렸는지…. 모든 생각은 아프기 시작했던 시점에서 시작해 그것보다 과거의 일들과 지금에 이르기까지의 일들, 앞으로 일어날 일들에까지 영향을 미친다. 장미 향을 지워버리는 라일락 향처럼, 코끝을 찌르는 향신료 냄새처럼 다른 기억들에 제멋대로 아픔의 색깔을 덧입혀버리는 것 같다. 어떤 것이 '환자인 나'에게 주어진 감상이고, 또 오로지 나만의 욕망일까? 아팠던 사람에게 그런 것이 있을까? 아픈 사람에게 그런 것이 있을까? '병이 없는 나', '병과 분리된 나' 말이다.

지금은 병과 나를 분리하고 싶어 하지만, 언젠가는 아픈 나와 아프지 않은 나를 따로 떼어 생각하지 않을 수 있게 될 것이다. 그러기로 결심했다. '병을 가진 나'를 오롯한 나로서 인정하지 않는다면 나는 결국 나로 죽을 수 없을 것이라는 생각이 든다. 『말테의 수기』에 나오는 것처럼, '나만의 죽음'을 죽지 못할 수도 있을 것이다. 끝내 가지지 못한 것, 원치 않게 가졌으나 버릴 수도 없던 것을 곱씹고 곱씹으며 그저 닥쳐온 죽음을 맞게 되겠지. 그저 예의 격식을 갖춘 죽음이 아닌 필연적으로 닥쳐올 종말을 나만의 것으로 맞고 싶은 것이다. 마지막을 기다리며 이것저것을 요구했던 크리스토프 데트레프의 죽음이 그랬듯이 나의 죽음이 나를 삼키는 죽음. 그건 어떤 모양일까. 신채윤의 죽음은 신채윤의 생애에 대해 무엇을 판단하고, 어떤 것을 요구할까?

요가를 마치고 집에 돌아오는 길에 벤치에 앉았다. 정면에는 빽빽이 솟은 아파트뿐이었다. 나는 고개를 빳빳이 쳐들어서 하늘을 봤다. 앉아서, 고개를 치들고 하늘을 보면서, 내가 벤치를 떠난다면 꼭 나만 한 구멍이 벤치에 생길지 생각했다. 그럴 리 없지만. 하루에도 수많은 사람들이, 동물들이, 식물들이, 어디에도 속하지 않는 무수한 삶들이 사라지는데 남겨진 풍경은 이질적이지 않았다. 낯설지언정 자연스러웠다. 나는 살아가는 동시에 나의 죽음 이후에 대해 생각했다. 내가 사라짐으로써 생길 구멍을. 나를 사랑하는 사람들의 심장에 커다랗고 검은 구멍이 뚫리겠지. 그런 생각을 하면 마음이 일렁이고 소란하다.

아픈 것은 지겹다. 약에 의존하고, 언니에게, 엄마에게, 아빠에게 의존해야만 한다. 병이 내 몸에 생긴 것인지, 내가 병으로 찾아간 것인지 가끔 헷갈릴 때도 있다. 무엇이 먼저일까? 그 모든 것들이 견디기 힘들어지고, 마치 한 마디의 한숨처럼 모든 것을 내려놓고 싶다고 생각한다. 확실한 것은, 의존하는 삶은 무엇보다 죽음 가까이로 나의 생각을 실어간다는 것이다. 마치 뒤에 천 길 낭떠러지를 두고 두꺼운 나뭇가지에 안락함을 가장해 앉아 있는 기분이다. 내가 죽은 뒤의 세상, 죽은 뒤에 바라볼 나, 그리고… 어쩌면 알 수 없을 암흑.

죽음에 대해 생각하면 생각이 질서 정연하지 않게 흐트러진다. 오직 하나의 진실만 뚜렷해진다. 나는 아직 살아 있다. 죽음을 알지 못한다.

그리고, 이 모든 생각을 하는 동안, 내 눈물이 책상을 녹일 수도 있겠다고 생각한다.

다음에
더 잘할 수밖에
없구나!

나는 나무 그늘 아래 혼자 앉아 있다. 멀리서 공을 가지고 농구하는 친구들을 지켜본다. 친구들은 머리카락 사이로 불어오는 바람결을 느끼며 햇살에 눈을 찌푸릴 뿐인 나와는 대조적으로 운동장 흙바닥에 땀방울을 뿌리고 있다. 땅을 울리며 뛰고, 높이 점프하고, 팔을 휘젓고, 서로의 이름을 소리 높여 외친다. 체육 시간이다.

원래도 체육 시간을 좋아하는 편은 아니었다. 중학교 때 특히 탁구 수업이 기억에 남는다. 아무리 연습해도 탁구 실력은 거의 제자리걸음이었다. 비단 탁구뿐 아니라 체육은 나에게 투자한 시간 대비 결과가 가장 안 나오는 과목 중 하나였다. 나는 내가 운동에 재능이 별로 없다는 사실을 알고 있었다. 그래도 한 번을 피하거나 꾀부리지 않았다. 연습하라고 주어진 시간을 꽉 채워서 움직였다. 좋은 결과를 얻는 것을 가장 원했지만, 그러지 못한다면 최선을 다했다고라도 말하고 싶었다. 그래서 병에 걸린 걸 처음 알았을 때는, 이제는 체육 시간에 전처럼 온 힘을 다해 참여하지 않아도 되는 핑계가 생겨서 조금은 기뻐했다.

이제 체육 시간은 가장 혼란스럽고 무기력한 시간이 됐다. 병원에 다녀오느라 수업에 빠져서 공백이 느껴져도 듣다 보면 녹아들어가는 다른 수업 시간과 달리, 다른 아이들 속에 섞여 움직이지 못하는 것이 크게 느껴진다. 당연한 일이다. 나는 그곳에 앉아 있어도 함께하는 게 아니기 때문이다. 오랜 시간 몸을 쓰는 활동은 당연히 할 수 없고, 약의 부작용으로 관절이 약해졌으므로 점프하는 것도 안 된다.

농구 수행평가는 주어진 방법대로 농구 골대에 골을 넣는 방식이었다. 어차피 어느 정도는 참여하지 못할 것을 알고 있었다. 안내받을 때도 남 일처럼 여겼고, 이런 마음가짐으로 임하면서 좋은 결과를 바라는 건 어불성설이지만 적어도 기대치가 높지 않으니 결과에 실망할 일도 없을 거라고 생각했다. 몇 번 연습해봤을 때는 골대에 공을 몇 번 넣을 수 있었다. 그리고 수행평가를 위해 타이머 버튼이 째깍, 눌렸다. 열두 개의 골을 넣어야 만점인 시험, 단 한 개의 공만이 골대를 통과했다.

당연한 결과였다. 이렇게 될 줄 알고 있었다. 다 알았는데도 왜 예전에는 이렇지 않았는데 하며 결코 이길 수 없는 과거의 결과를 가져와서 비교하는 걸까. 예전만 못한 모습에 실망이 컸다. 주변 친구들에게 가서 최대한 밝게 "그래도 한 골 넣었어!"라고 말했다. 바꿀 수도 없는 정해진 결과에 연연하는 모습을 보이기 싫었다. 어쩌면 그런 속내까지 투명하게 드러났을 수도 있다. 눈치 좋은 친구가 그 점을 발견해서 "괜찮아, 다음에 잘하면 되지. 내 결과도 만족스럽지만은 않아" 하며 위로를 건넬 수도 있었을 것이다. 그럼 나는 입을 감쳐물며 텁텁한 마음을 꾸역꾸역 삼키는 것밖에 할 수 있는 일이 없었을 것이다. 하지만 그 말을 들은 친구는 그렇게 반응하지 않았다.

"다음에 두 골을 넣으면 두 배고, 세 골을 넣으면 세 배고, 네 골을 넣으면 네 배네! 더 잘할 수밖에 없구나!"

이 대목에서 나는 그 친구에게 감탄할 수밖에 없었다. 정말 놀라운 것을 발견한 어조로 말했기 때문이다. 그런 굉장한 일은 처음이라는 듯이. 진부한 응원의 말을 했더라도 진부하게 들리지 않았을 텐데, 고작 한 번 골대를 통과한 내 공에서 큰 가능성을 봐줄 줄은 몰랐다.

그다음 기회에는 세 골을 넣었다. 예전만 못하고, 이전 기회를 만회하기에도 턱없이 모자란다. 하지만 설령 0골을 넣었다 해도 1에 0을 곱한 수를 넣었다고 말할 수 있었겠다고 생각했다. 어쨌든 배수로 늘어났다고. 농구 실력이 이만큼 떨어졌다고 풀 죽는 일 말고 다른 할 말이 있었다.

눈물만
할 수 있는
말

나는 잘 운다. 눈물을 잘 흘린다. 어렸을 때부터 그랬다. 화가 나면 울고, 억울하면 울고, 서운해도 울고, 막막하고 불안해도 울었다. 하지만 그 모든 눈물을 구분할 줄은 안다. 슬플 때 흘리는 눈물은 가슴의 윗부분에서 시작한다. 얼굴까지 올라온 감정이 얼굴 깊은 곳, 눈과 코에 연결된 선이 엉키는 곳에서 감정이 눈물로 바뀌어 앞으로 흘러나온다. 화가 날 때 흘리는 눈물은 배 속 깊은 곳에서부터 뜨겁게 올라오는 눈물이다. 눈을 시뻘겋게 물들이고 분출해 터져 나온다. 막막하고 불안할 때의 눈물은 명치끝을 콕콕 찌르면서, 온몸을 흔들면서 나온다. 여러 눈물을 알고 있다. 그 모든 눈물을 언제 흘리는지는 아직 정확히 모르겠지만, 그런 눈물이 흐를 때 내가 지금 어떤 기분을 느끼고 있는지는 알 수 있다. 나에게 눈물은, 스스로의 상태를 진단하는 체온계이다.

그리고 이제는 병을 떠올려도, 병으로 잃은 것들을 떠올려도 바로 눈물이 흐르지는 않는다. 그럴 수 있게 된 지 얼마 되지 않았다. 얼마 전에서야 나에게 변화가 일어났다는 걸 알게 되었다. 변화의 신기한 면은, 일어날 당시에는 이것이 변화라는 사실을 깨닫지 못하고, 변화가 일어난 후에야 정말로 어떤 변화가 일어난 건지 알게 된다는 거다. 또 변화인 줄 알았던 것이 알고 보면 변화가 아닐 수도 있고, 시간이 아주 오래 지나고 나서야, 변화가 일어났음을 발견하고 새삼스러운 기분을 느끼기도 한다. 아마 상처로 여겼던 자리에 새살이 돋고 흉터가 생기는 일은 천천히, 그리고 의식할 새 없이 일어났을 거다. 하지만 얼마 전에 서울대학교병원에서 정신과 상담을 하면서 병을 분기점으로 시작된 우울이 마음에 남긴 상처, 그 상처가 더 이상 벌겋게 발가벗겨진 상태로 공기 중에 노출되어 있는 상태는 아니라는 것을 알게 되었다.

이제 정말로 피부처럼 변해서 신경이 아주 쓰이지 않게 되었다는 건 아니다. 우리 엄마의 무릎에는 꼭 그런 흉터가 있다. 엄마가 '제3의 눈'이라고 부르기도 하는 그 흉터는 손가락 한 마디만큼 길고 손가락의 3분의 1만큼 가늘다. 엄마와 아빠의 신혼여행 때 수영장에서 무릎이 찢어져서 난 상처였다고 했다. 그때 당시에는 매우 아팠을 것이다. 하지만 엄마는 지금은 그 고통을 거의 다 잊은 것처럼 행동한다. 내가 가끔 흉터를 꾹 누르며 "아파?" 하고 물으면, 엄마는 웃으며 전혀 아프지 않다고 대답하곤 했다.

어떤 흉터는 완전히 자리 잡기 전에 농이 여러 번 차고 빠진다. 농이 찼을 때는 건드리면 소리 없는 비명을 내질러야 할 정도로 아프다. 지금 내 상처에는 농이 가끔 찬다. 영화 〈안녕, 헤이즐〉이나, 시 창작 과목을 가르치시는 김철원 선생님께 선물 받은 『가재미』라는 시집처럼, 상처가 났던 바로 그 시절을 떠올리게 하는 것들을 마주할 때 그렇다. 시 「가재미」에서 '그녀'는 김천의료원 6인실 302호에 누워 있다. "바닥에 바짝 엎드린 가재미처럼". "나는 그녀의 옆에 나란히 한 마리 가재미로 눕는다". 그리고 '그녀'는 눈물을 흘린다. "그녀는 죽음만을 보고 있고 나는 그녀가 살아온 파랑 같은 날들을 보고 있다". '그녀'의 옆에 '그녀'처럼 나란히 한 마리 가재미로 눕는 '나'가 '그녀'의 '파랑 같은 날들'을 봐준다는 것에 집중할 만도 한데 나는 '그녀'가 죽음만을 보고 있다는 것에 어쩐지 정곡을 찔린 기분으로 서러워하게 된다.

아무리 정곡이어도 그렇지, 이 시를 나에게 선물하는 것으로 그것을 곧바로 찔러버리시나. 너무하시다, 라고 생각하면서. 그것을 마주하는 것 자체는 문제될 게 없을지도 모른다. 하지만 자각하기 전에 눈물이 흐르고, 나를 그 당시로 이끄는 기억은 흉터를 자꾸 건드려 농이 차오르게 한다. 아니면 그 모든 것들로 인해 가장 힘들었던 시절을 떠올릴 때도 그렇다. 한창 상처가 덧났던, 매일 밤 상처에 소금을 뿌리며 지새웠던, 작년 한 해를 떠올리면 그 뭉근하고 컴컴한 고통에 눈물이 나기도 한다. 하지만 건드리지 않으면 아픔이 느껴지지 않는다는 것은 상처 위에 딱지가 앉아 나아가는 과정이라는 거다.

그렇다면, 엄마 무릎의 흉터처럼 이미 다 나아 완전히 피부처럼 변한 흉터를 보고 마음 아파하는 것은 아무 의미가 없을까? 김철원 선생님의 시 창작 수업에서 친구 S의 이미 지나간 상처에 대한 이야기를 들었다. S는 정말 단단해져서, 그 흉터를 보고도 이제 눈물을 흘리지 않는다. 오히려 자신에게 드리우는 동정이 무가치하다는 걸 알고 거부한다. 그런데 그 이야기를 듣는 나는 눈물이 났다. 이미 나은 상처에 눈물을 흘리는 것은 그 애를 위한 것이 아닐 것이다. 나의 눈물이 더 이상 그 상처를 위로하거나 어루만져줄 수 없을 테니까. 내가 울고 있다는 것이 전혀 자랑스럽지 않았다. 부끄럽고 미안한 마음이 들었다. 그 아이가 강해진 것을 제대로 바라보지 않고, 상처에만 집중해서 슬퍼하고 있는 것 같아서. 온라인 수업 시간이었다. 나는 얼굴이 새빨개지도록 울다가, 카메라를 끄고 엉엉 울었다. 친구가 대견해서, 대견하다는 말을 감히 붙일 수 없을 만큼 존경스러워서.

울산에서 학교를 다니는 언니를 마중 나가기 위해 수서역으로 갔다. S에 대한 이야기를 하고, 나의 눈물을 어떻게 생각해야 할지 묻기 위해서 엄마에게 단둘이 가자고 요청했다. 할 말이 있다고. S에 대해서 이야기하고, 나의 눈물에 대해서 이야기했다. 엄마는 그 눈물을 부끄러워하지는 않아도 될 것 같다고 했다. 만약 내가 눈물이 아닌 말로 "널 위로하고 싶다"라고 말했다면 그것은 주제넘는 것이 맞았을 거라고 말했다. 하지만 나는 섣부르고 가볍게 말을 꺼내기 전에 눈물로써 '내가 너의 편이고, 너에게 이만큼 진실된 감정을 느낀다'는 걸 표현했기 때문에 괜찮다고. S가 어떻게 생각하느냐가 중요하겠지만, 확실히 내 이야기를 듣고 "넌 나을 수 있어. 내가 응원할 거야"라고 이야기해주는 사람을 보면 고마우면서도 기분이 미묘해진다. 낫는 것은 내가 스스로 해야 할 일이다. 어쩌면 그 사람이 그 말을 하는 바로 지금도 낫기 위해서 부단히 노력하고, 나조차도 알아채지 못하는 사이에 변화를 겪은 나에게 때늦은 응원을 보내는 것이 사실 큰 도움이 되지 않는다. 그러나 눈물을 흘려주는 사람은, 정말 함께 마음 아파해주는 것 같아서 더욱 마음에 겨운 것 같다. 저 멀리서 응원의 말 한마디 던지는 것이 아니라 옆에 있어주는 것 같아서.

꽤 오랜 시간 동안 아파했고, 많은 눈물에 치유받은 사람치고는 뒤늦게 눈물만이 할 수 있는 말이 세상에 있다는 걸 알아차렸다.

병 일대기

친구 한이에게 나의 투병 일대기를 들려주었다. 초등학교 5학년 때부터 빈혈이 심해 병원에 다니기 시작했다는 이야기부터 했다. 이렇게 길고 뿌리 깊은 이야기를 한 것은 오랜만이었다. 투병 후 만난 사람들 중 이 친구가 꼭 열네 번째다. 선생님, 친구들 하나하나 손으로 꼽아보니 그렇다. '아직은' 열네 번째를 기억하지만, 이제 몇 년이 더 흐르면 내가 이 이야기를 몇 번 했는지조차 기억하지 못하게 될 것이다. 컵에 있는 물을 몇 번 따라 얕은 웅덩이를 만들면 몇 번을 따라냈는지 알 수 있겠지만, 웅덩이가 흘러넘쳐 시냇물이 되고, 시냇물이 점점 커져 강물로 흐르면 세는 것이 무의미해지는 것처럼. 열네 번째 컵을 흘려보냈다. 내가 아팠던 이야기.

이곳에 쓰는 것으로 열다섯 번째 컵을 흘려보낸다. 초등학교 5학년 때 두통이 너무 심해서 병원에 갔더니 빈혈이 심했다. 루푸스, 소아백혈병 등 여러 병이 의심되니 계속해서 검사를 받아야 한다고 말했다. 하지만 몸이 점점 나아지는 것 같았고 두통은 익숙해졌다. 병원을 그만 다니기 시작했다. 그리고 중학교 1학년이 되어, 본격적으로 몸이 안 좋다는 걸 느꼈다. 그해 5월과 10월에 각각 왼쪽과 오른쪽 무릎 뒤쪽에 대상포진이 발병했기 때문이다. 부위는 작았지만 마치 바늘 수천 개로 찌르는 것처럼 아팠다. 작은 포진이 빽빽이 잡힌 상처 부위는 징그러워서, 다들 인상을 찌푸렸다. 다행히 겉은 교복 치마로 가려졌다. 하지만 걸을 때마다 온 다리를 상처 속에 욱여넣는 것 같은 통증은 가려지지 않았다. 아팠다.

그리고 중학교 2학년 때, 점점 바닥을 치는 체력을 느꼈다. 아주 잠깐 동안 아침에 학교 가기 전 할머니 할아버지와 수영을 다녔는데, 수영장에서 나오면 한 걸음도 떼기 힘들었다. 수영장에서 주차장에 세워놓은 차로 가는 도중에 몇 번이고 주저앉았다. 간식을 챙겨 와서 한 입 먹어야만 겨우 조금 걷고를 반복했다. 그리고 중학교 3학년이 되어서 두어 번,

걷다가 심장이 너무 아파서 가슴을 부여잡고 자리에 무너지듯 앉았다. 한참 후 통증이 가라앉으면 다시 걸었다.

중학교 3학년이 되어서 초여름에 코피가 두 시간 동안 났다. 원래 자주 있는 일이었다. 하지만 그날은 학교에 있었고, 조퇴를 해서 이비인후과에 갔다. 마침 2개월 후에 아빠의 건강검진이 있었고, 엄마는 나를 딸려 보냈다. 건강검진 결과 소변 검사 수치에 문제가 있었고, 심장 비대가 있었다. 대학병원 신장내과에서는 문제를 발견하지 못했다. 그런데 으레 하는 가슴 청진 중에 심장에서 소음이 들렸다. 그날 외래 진료가 없었던 심장내과 선생님이 호출되어 왔다(아직도 그날 진료실로 걸어오던 선생님의 신경질적인 표정을 기억한다). 어머, 그러네. 심장에서 소음이 들리네. 심장초음파 검사를 하고 진단을 받는 건 속전속결이었다.

한이는 내게 이 이야기를 담담하게 하기까지 얼마나 걸렸냐고 물었다. 나는 망설이다 대답했다. 처음부터, 라고. 내 일이 아닌 것 같지는 않았다. 내 일이었고 많은 것이 바뀌었다. 그런데 어제와 오늘이 다른 것이 아니었다. 없던 병이 병원에서 갑자기 이식된 것도 아니었다. 변화는 차츰차츰 일어났고 마음도 차츰차츰 적응했다. 그래서 나는 담담하게 말할 수 있었다. 내가 말해온 것은 사실 병의 진행이 아니라, 병원에서의 치료의 진행이었으므로. 몸은 언제나 변하고 있었다. 내가 스스로 더했거나 더해지는 현장을 목격한 것은 병원에서의 일들뿐이었다. 담담하지 않을 이유가 없었다. 아니, 나는 내가 담담한지도 모르고 말을 했다. 나에게 일어난 일에, 일어나고 있는 일에 감정은 섣부른 사치다. 병은 감정의 영역이 아니기 때문에. 말하는 것은 어렵지 않았다.

하지만 그렇지 않도록 결정할 수도 있었다는 걸 알고 있다. 그러니까, 절망할 수도 있었다. 병으로 인한 변화뿐만 아니라 병 그 자체를 안타까워하며 슬퍼할 수도 있었다. 소리를 지르고, 물건을 던지고 부수고, 남 탓을 할 수도 있었다. 괴로움에 몸부림칠 수도 있었다. 내가 포기하고 잃는 것들이 아닌 것보다 많다고 믿어버릴 수도 있었다. 하지만 나는 그러지 않기로 '결정'했다. 울고, 속상해하고, 우울해할 때마다 그렇게 생각했다. 그럼에도 나를 끝까지 포기하지 않겠다고. 내가 배울 수 있는 것들과 생각할 수 있는 것들, 말할 수 있는 것들을 하겠다고. 내 탓이 아닌 것과 남의 탓이 아닌 것을 명확하게 구분하겠다고 노력했다. 우선 그러기 위해서, 거의 매일 아침 침대 정리를 하고 거의 매일 밤 일기를 썼다. 나를 놓지 않기 위한 싸움이었다. 곧 꺼질 촛불처럼 위태롭지만 밤새 켜져 있는 촛불처럼 강한 의지였다. 그래서 나는 담담하고, 그래서 나는 살고 있다.

외로움은 사실일까 현실일까

최근에는 아니지만, 작년에는 거의 매일같이 외롭다고 생각했다. 작년 첫 등교를 하던 날부터 어제에 이르기까지 등굣길을 걸으며 하루도 빠짐없이 바랐다. '혼자 있어도 외롭지 않을 만큼 강해지고 싶다'고. 아빠 차에서 내려 이 말을 입속에서 굴리며 교실을 향할 때까지 나는 대개 혼자였다. 그리고 그 사실이 못내 서글펐다.

병을 진단받은 중학교 3학년 때 제대로 된 학교생활을 하지 못했다. 학교에 머무를 수 있는 시간은 총 두 시간이었고 그마저도 컨디션이 나쁠 때는 불가능했다. 학교에서 나의 사정을 구구절절 늘어놓아서 쓸데없이 동정을 사거나 미숙한 말들에 상처받고 싶지 않았다.

중간고사와 기말고사는 끝난 지 오래였고, 고등학교 입시도 끝나 축제가 11월로 예정되어 있었다. 반마다 공연을 한 곡씩 준비해서 무대에 올리는 것이 최대 관심사였다. 그 공연 연습에도 열심히 참여하지 않았다. 참여할 수 없었다. 춤을 추려고 하면 간단한 동작이어도 움직여야 했고 나는 그것도 견디지 못할 만큼 몸 상태가 최악이었으니까. 애초에 내가 학교에 있지 않은 시간에 연습을 하곤 해서, 기본 동작조차 다 외우지 못하고 축제 날 공연장이었던 정자 청소년수련관으로 향했던 기억이 난다. 난 무대 밑에서 춤추는 우리 반 친구들을 바라봤다.

다들 축제와 고등학교 이야기로 들떠 있었다. 학교 전체가 수업 시간, 쉬는 시간 가릴 것 없이 어수선하고 떠들썩했다. 그 안에서 나는 그냥 일상적인 농담을 하거나 혼자 앉아 책을 읽거나 그림을 그리곤 했다. 점심시간과 쉬는 시간에 친구들과 어울려 다니지도 않았다. 어차피 나는 곧 집에 갈 거고 괜히 즐겁게 있다가 집에 가는 것이 아쉬워질 것이 싫었다. 한창 이야기하다가 내가 혼자 나서면 정적이 흐르고 다들 날 배웅하려 나설 것도 미안했다. 나는 매일 일찍 집에 가는데 아이들이 매일 똑같이 나를 아쉽게 배웅해주지 않는다면 원망하게 될 것이 빤했다. 그래서 친구들과 거리를 두었다. 어차피 아무도 내가 얼마나 아픈지 모르니까, 말을 꺼내봤자 다들 이해할 수 없을 거라고 생각했다. 진단받고 채 한 계절이 지나지 않았을 때는 병원에 자주 다녔고 오랜 시간 앉아 있을 기력마저 없었다. 매일매일 마음속이 군홧발로 밟고 지나가 쑥대밭이 된 폐허의 마을처럼 너덜너덜했다. 고통은 쏟아지는 총알이었고 병을 이겨내기 위해서는 엄폐물 뒤에 숨어서 견디고 싸울 수밖에 없었다. 혼자 생사를 가르는 전쟁터에 있던 시절이었다.

집에 오면 방에 들어가 침대에 혼자 누웠다. 약 부작용 때문도 있었겠지만 하루 종일 혼자 누워 있으려니 밤에 잠도 오지 않았다. 사무치게 외로웠다. 그 외로움은 몸이 차츰 나아지고 등교해서 온종일을 학교에서 보내는 날도 꽤 있게 된 고등학교 1학년 때까지도 잔상처럼 남아서 이따금 우울을 불러오곤 했다. 사실 이따금이 아니었다. 꽤 자주 우울했다. 복도를 혼자 걷기만 해도 눈물이 흐르고 아무도 나를 반겨주지 않는 것 같다는 생각에 사로잡혀서 어디론가 도망치고 싶었다. 주변에 사람이 없어 상처를 받으면서도 사람들 주변에 갈 용기가 없었다. 친구들에게 걸음 보조를 맞춰달라고 하기 위해서 밤새 "같이 가자"라는 말을 연습한 적도 있었다.

나는 원래 외로운 사람이었나? '외로움'을 많이 느끼던 사람이었나? 외로워하지 않는 사람은 아니었지만, 주변에 사람이 없는 것을 편안해하기도 했었다. 그런데 왜 이렇게 초조하고 불안할까, 왜 다들 나를 떠날 것 같다는 생각만 드는 걸까, 하는 생각을 했었다. 주변에는 아무 문제도 없어 보이는데 나 혼자만 이렇게 힘들다니, 스스로를 의심할 수밖에 없었다. 내가 정말로 외로운 걸까? 외롭다고 생각하는 건 착각이 아닐까? 스스로를 끝없는 자기 연민 속으로 몰아넣고 그 상태를 즐기며 피해의식을 가지고 있는 건 아닌가? '외롭다'는 것은 '사실'일까? 일어날 수밖에 없는 '현실'일까? 아니면 느낄지 말지 선택할 수 있는 것일까? 선택이 아니라 지금 외로운 상태가 맞더라도, '느끼지 않을'수도 있는 걸까?

지금 생각해보면, 당연히 그때의 나뿐만 아니라 그렇게 생각하고 있는 다른 모든 사람들에게 느끼고 힘들어하는 한 외로움은 실재를 고민할 영역이 아니라고 말할 것이다. 외로움뿐만이 아니다. 다른 모든 감정들도 마찬가지다. 상담을 하고 실제로 감정에 의해 몸 상태가 좌우되는 것을 느끼면서, 감정이 불가항력적인 문제이고 또 이유를 물어봤자 소용도 없다는 걸 알았다.

지금은 그렇게까지 불안하거나 초조할 정도로 외롭지 않다. 엄마도, 어떤 친구도 나에게 '요즘 외로워?'라고 물은 적이 있다. 나는 요즘 외롭나? 그렇다. 외롭다. 외로움이 어떤 것인지 알 만큼 외롭다. 그래서 다른 누군가가 외롭다고 하면 전화를 걸 수 있을 만큼은 파악하게 되었다. 힘들 때 아무에게도 말하지 않고 입을 꾹 다무는 것도 얼마나 외로운지 알 수 있게 되었다. '혼자 있어도 외롭지 않을 수 있을 만큼 강해지고자' 하는 것은 근 2년간 바라왔던 소원이다. 하지만 외로워하지 않는 것이 정말 강한 것일까? 혼자 있지 않아도 외로워하는 사람도 있고, 혼자 있을 때 외롭더라도 그것을 바라보고 알면 충분한 것 같다는 생각이 든다.

그래서 이게 내 잘못이야?

방학 한 달 동안 세 번이나 발목을 접질렸다. 1학기 동안 접질렸던 것을 합하면 총 5번이다. 공평하게도 오른쪽 발목 세 번, 왼쪽 발목 두 번이다. 아니, 왼쪽 발목 한 번이 아직 한 번 모자라니까 공평한 것은 아닌가? 아무튼 양발 모두 쓰기 불편했다는 점에서는 공평한 것이 맞다.

편의점 앞에서 넘어져서, 요가를 하고 나오다가, 자전거를 옮기다가 등 정말 뜬금없고 갑작스러운 상황에서 발목을 접질렸다. 다리에 힘을 주고 걸어야 하는 건지, 힘을 주지 않고 걸어야 하는 건지도 이제는 헷갈린다. 언니는 팔자걸음으로 걷지 말라고, 거슬릴 정도로 지적했다. 엄마는 다리에 근육이 없어서, 라고 했다. 인과관계를 따지면 다리에 근육이 없어서 팔자걸음을 걷게 된 것이 맞다. 그리고 다리에 근육이 없는 것은 운동을 하지 않았기 때문. 하지만 이것에 관해서 전적으로 내 탓을 하는 건 억울하다.

김수영 시인의 「어느 날 고궁을 나오면서」라는 시가 생각난다. 내가 딱 그 짝이다. 발목이 접질린 것처럼 사소하고, 내 탓을 하기가 간단한 일 앞에서 나는 분개한다. 내 탓을 하기가 쉬우니까 책임을 회피하고 싶은 마음도 쉽게 입 밖으로 나온다. 하지만 타카야수동맥염처럼 내 탓을 해봤자 주변 사람들의 마음에만 대못을 박게 되는 일에는 쉽사리 입이 떨어지지 않는다. "그래서 이게 내 잘못이야?"라고 외칠 수 없다는 것이다. 내 잘못이 아닌 것이 너무 확실하기 때문에. 하지만 그로 인한 책임의 무게는 나와 내 주변 사람들이 함께 지고 있다는 것을 너무 잘 알기 때문에.

복용 중인 약의 부작용으로 근육보다 지방의 비율이 높아졌다. 근육이 빠르게 사라지고 잘 붙지 않는 체질이 되었다. 운동을 할라치면 어떤 운동을 할지도 까다롭게 골라야 한다. 유산소운동을 하면 아프고 호흡이 힘들어지니까 안 되고, 근력운동을 해도 그날그날의 컨디션에 귀 기울여서 결정해야 하니까 여러 가지 상황을 고려하고 나면 역시 운동을 하지 않는 것이 수지에 맞는 것 같다. 운동을 하려고 애쓰지만 운동을 하고 싶지 않다. 애초에 건강했다면 운동하는 것을 좋아했을까? 글쎄.

병이 언제부터 있었는지는 정확히 알 수 없다. 그러니까 '병이 있기 전'에 운동을 꽤 많이 했다고 말하는 것은 합당하지 않다. '병을 모를 시절'이라고 해야 할 것이다. 그러나 '병이 있지만 몰랐다'고 하기에는 지금보다 훨씬 한계가 없던 시절이 있었다. 등산도 하고, 수영도 하고, 검도도 했다. 그중에서도 수영을 하던 날이 요즘 들어 떠오른다. 검도와 등산을 하면서는 다 발목을 접질려본 경험이 있는데, 수영을 하다가는 그런 적이 없다. 수영장 샤워실에서 미끄러졌던 것을 제외하고는 말이다.

수영을 할 때는 강사 선생님이 '다리 근육의 힘'을 강조했었다. 물론 팔 근육도 중요했다. 자유영을 할 때, 기본자세는 팔을 앞으로 쭉 뻗어 모은 자세. 그리고 오른팔과 왼팔을 번갈아가면서 아래로 내려 물을 쪼개고, 팔을 뻗었다가 접어서 앞으로 가져온다. 사이사이로 호흡도 빼먹지 않고 한다. 이 모든 일련의 유려한 동작에도 불구하고, 팔은 부차적인 문제다. 가장 먼저 배우는 것은 발로 차는 법이다.

여섯 살 때, 영어학원에 부속시설로 딸린 조그만 수영장에서 처음으로 수영을 배우기 시작했다. 엄마 아빠가 기억하는 나는 물을 별로 좋아하는 아기는 아니었다. 수영장에 처음 발을 내딛었을 때의 기억이 나에게도 남아 있다. 물에 익숙해지는 연습을 하는 것보다 더 먼저 했던 것이 있었다. 발차기 연습. 정확한 모양으로 찰 수 있을 때까지 뭍에서 차는 것을 연습했다. 때로는 밀어낼 대상이 있는 발차기보다 없는 발차기가 더 어렵다. 정확하고, 날렵하고, 일정한 발차기를 할 수 있게 된 후에야 물속에 들어갈 '자격'이 생긴다. 발차기에 익숙해진 내게 물에 들어가는 것을 겁내는 것은 우스운 일 같았다. 물에 들어가서도 나는 앞으로 나아갈 수 있었다. 물에 뜨는 법을 배우고 나서는 물에 곧 적응했고, 물속에서 노는 것을 즐겼다.

그리고 몇 달의 공백기는 있었지만 열네 살이 될 때까지 수영을 계속했다. 몸에 실질적으로 문제가 있다는 것을 알게 된 것도 수영을 다니면서였다. 중학교에 들어간 이후로 시간이 없어서 할머니 할아버지와 새벽 수영을 다녔다. 수영을 끝내고 나면 거의 쓰러질 것처럼 힘들어서 한 발짝도 내딛을 수가 없어서, 샤워실과 탈의실을 나와 차로 가기까지 몇 번이나 주저앉았었다. 잠이 모자라고 배고파서 기운이 없는 것이라고 넘어갔지만, 지금 생각해보면 역시 이상 징조가 맞았다. 한창때의 청소년이 고작 밥 좀 굶은 것으로 거의 쓰러질 듯 힘들어하는 것이 말이 되는가? 노년기로 접어든 회원들이 대부분인 시각이라서 수업이 힘든 것도 아니었다. 뭍으로 처음 나온 인어공주가 이러했을까, 이만큼 힘들었을까, 육지의 무거운 공기와 힘이 들어가지 않는 다리가 낯설었다.

지금까지는 큰 불편을 느끼지 못했다. 그러나 이번 방학을 보내면서 발목을 여러 번 접질렸고, 부은 다리로는 내가 하고 싶은 것들을 하는 데에도 당연히 지장이 생긴다는 것을 알았다. 타카야수동맥염이 발목 염좌처럼 흔한 증상이었으면 어땠을까, 하는 생각을 많이 했다. 하다못해 다리가 부러지더라도 이보다 낫겠다고 생각했다. 정말이지, 철없는 생각이었다. 발목이 접질린 당시에는 심장이 찢겨나갈 듯 아팠던 것이 생각나지 않을 정도로 아팠는데. 마치 잔잔하게 흐르는 물에 손가락을 조금 담그든 큰 돌을 던지든 똑같이 파문은 생긴다는 사실을 간과하는 어린아이 같다. 손가락에 찔리든

돌에 파이든 물은 똑같이 경련하고 움츠리는 것을.

굳이 비교하자면 둘 중에서는 발목이 접질린 것이 조금 더 사소한 것일지도 모른다. 일단 인과가 확실하기 때문이다. '나는 운동을 하지 않아서 다리에 근력이 없었고, 발을 헛디뎠고, 그래서 접질렸다'라는 명확한 과정이 있다. 타카야수 동맥염은 그런 것이 없다. 마치 채워야 할 빈칸처럼 남아 있는 이 병의 습득 과정, 그리고 치료 과정. 그래서 언뜻 발목 염좌가 더 책임을 회피하기 쉽고, 더 가볍게 분노할 수 있는 대상처럼 보이는 것이다. 그러나 이것은 단순히 짧고 긴 수학 공식, 풀린 난제와 풀리지 않은 난제의 비교가 아니다. 사람이 겪고 느끼고 기억하는 고통에 관한 이야기라는 것이다. 그래서 무엇이 낫고 무엇이 더 나쁜지 감히 가름할 수 없다. 지금 확실한 것은, 둘 다 나를 아프게 한다는 것뿐.

민들레 씨앗이 서로 만난다면

'SF 2021: 판타지 오디세이' 전시회에 다녀왔다. 언니 없이, 언니의 친구들과 함께. 언니는 중고등학교 때 집에 친구들을 불러 노는 일이 많았다. 그만큼 가까운 친구들이라서 내가 아프게 될 때 같이 힘들었던 언니를 지켜봐줬다. 그래서 처음부터 설명할 필요가 없었다. 내가 어떻게 아프게 됐는지, 어떤 감정인지 '전달'하려 요약해서 말하지 않아도 됐다. 상대가 내 이야기를 듣고 놀라지 않으리라는 것을 알고 말하는 건 큰 기쁨이었다. 나는 그들과 같은 이야기를 했다. 일상 이야기. 나에게 무난한 하루하루를 말했다. 언니 친구들 사이에 있으면서 내가 다르지 않다는 것을 느꼈다. 말하기 편한 사람들과 많이 이야기하다 보니 부쩍 친해져서, 언니 없이도 언니 친구에게 곧잘 연락하고 대화할 지경이 됐다. 그렇게 잡은 약속이 이 전시회를 보러 가는 것이었다.

SF(공상과학)를 잘 모른다. 관련 작품도 거의 모른다. 세상에 그런 장르가 있고, 그것이 때로 기괴하고 때로 아름답다는 게 내가 아는 전부였다. 이번 전시회를 다녀오고 나서도 마찬가지였다. 알 수 없는 소리와 영상과 그림들. 어쩌면 지구가 한 번은 뒤집힌 뒤의 미래일지도 모르고, 아득한 과거와 맞닿은 것 같기도 한 형상을 봤다. 그중에 가장 기억에 남는 것은 민들레 그림이었다. 제목과 함께 보면 더 인상적이라고 같이 간 언니의 친구 한 명이 말해줬다. 하지만 제목이 눈에 들어올 겨를이 없었다. 인삼처럼 생긴 뿌리를 가진 노란 민들레. 씨앗이 퍼지는 그림도 있었고 퍼지지 않은 그림도 있었고 서로 만나는 그림도 있었다. 민들레 씨앗이 서로 만나는 그림이 오래도록 기억에 남았다. 전시회를 다녀온 뒤 학교 수업을 듣다가도 문득문득 생각났다. 민들레 씨앗이 만날 수도 있다는 생각을 해본 적이 없어서인 것 같다.

민들레 씨앗 부는 것을 좋아한다. 언니와 함께 민들레 씨앗 중에서도 줄기를 중심으로 동그랗게 온전한 형태가 남아 있는 것은 '완完들레', 반만 있는 것은 '반半들레', 바람에 모두 날아가 하얀 줄기만 남은 것은 '간(가버린)들레'라고 불렀다. 짙은 초록색의 잔디밭 사이사이에, 아스팔트 틈새에 싹튼 민들레는 질기게도 자란다. 노란 꽃을 점점이 피워내다가 씨앗을 세상으로 날려 보낸다. 번식을 위해 제 일부분을 강하게 내보내는 것이라고 생각했다. 그러다가 마침내 한 뿌리에서 나온 두 씨앗이 만나면 어떻게 될지 생각해봤다. 막연하게도 서로를 알아볼 거라는 생각부터 든다. 처음과 끝을 설명할 필요가 없는 두 씨앗이 만나서, 어떤 하루하루를 보내고 있는지 기쁘게 나눌 것 같다. 어디서 왜 출발했는지를 구태여 설명할 필요가 없다는 것만으로도 대화에는 이미 유대감이 싹터 있기 마련이니까 말이다.

병에 그렇게 큰 자리를 내주고 싶지는 않았다. 하지만 내 인생이 이미 병이 있기 전과 후로 명료히 나뉘는 것 같다. 병을 앓는 일이 나에게 거대한 성장 기회가 됐다고 해도 많은 것을 잃게 했고 처음부터 알아가야 한다는 절망을 때때로 느끼게 했다. 병에 걸린 뒤 새로운 나를 다시금 설명하는 일이 곤혹스럽기만 한 것은 아니다. 나를 알려주는 과정에서 다른 사람들에 대해서도 많은 것을 들을 수 있으니까. 특히 그 사람들의 연약한 부분, 차마 내보이지 못했던 아픔에 대해 병을 앓기 전보다 후에 훨씬 쉬이 들을 수 있었다. 그런 이야기를 들었을 때 어떤 반응을 보여야 할지도 진심으로 고민하게 됐다. 그러나 아픔의 처음을 설명할 필요가 없는, 가족이 아닌 사람들을 만나서 일상의 틈새 민들레처럼 산뜻하고 새로운 이야기를 듣는 건 정말 오랜만에 느끼는 노란빛 전율이었다.

새 옷을 입는 기분

집 앞 백화점에서 마음에 꼭 드는 바지를 샀다. 어제 셔츠를 사면서 본 후에 눈앞에 어른거려서 동생 호윤이의 운동화를 한 켤레 사자마자 바지 매장으로 향했다. 바지를 입어봤는데 편하고 잘 맞았다. 색깔도 모양도 마음에 들었다. 입고 집에 가겠다고 결정할 만큼 마음에 든 것은 오랜만이었다.

옷을 좋아한다. 새로운 스타일에 도전하거나 패션 잡지를 챙겨볼 만큼의 열정은 없다. 그냥 새 옷을 입으면 기분이 좋고, 옷에 대한 취향이 확고하며, 어떤 이미지로 나를 나타내고 싶다는 생각이 구체적일 뿐이다. 즐겨 입는 것은 셔츠와 바지. 치마는 중학교를 졸업한 후 손에 꼽을 만큼만 입었다.

고등학교는 교복이 없는 곳으로 진학했기 때문이다. 그래도 가끔, 아주 가끔 기분 전환용으로 입기도 한다. 분위기를 바꾸면 이상하게 들뜨고 설레니까. 특별하지 않아도 특별한 날인 것처럼 속이면, 나는 그대로 속아 넘어가곤 한다.

병을 진단받기 딱 일주일 전에 카디건 한 벌을 샀다. 그 옷은 입원하는 동안 좋은 환자복으로 쓰였다. 병원에서 입는 환자복은 너무 얇아서 카디건을 걸치면 계절에 알맞았다. 사길 잘했네. 엄마가 말했다. 마치 입원할 걸 예상한 것처럼, 이라는 말이 뒤에 이어지면 자연스러웠겠지만 하지 않았다.

처음 약 부작용으로 몸이 붓고 나서는 거의 새 옷을 사지 않았다. 사더라도 입어보고 사지 않았다. 방 안의 거울이란 거울은 모두 치워놓은 마당에 변해버린 내 모습을 보고 즐거울 리 없었다. 대충 큰 사이즈, 대충 몸에 맞아 보이는 옷을 샀다. 인터넷에서 옛날 사이즈만 생각하고 주문한 청바지는 맞지 않았다. 허리가 너무 작았던 그 옷은 언니에게 주었다. 좋아하던 셔츠, 스키니 청바지 모두 접어서 서랍 안 깊숙한 곳에 넣었다. 아무 옷도 나에게 그전처럼 어울리지 않았다. 교복을 입지 않게 되어서 예쁜 옷을 잔뜩 입겠다고 기대했는데, 이제 더 이상 내가 옷에 어울리지 않게 되었다고 생각했다.

2년 정도 언니랑 옷장을 완전히 공유했다. 그전에도 서로의 옷을 많이 입곤 했지만, 운동해서 살을 뺀 언니는 내 옷을 더 잘 맞게 입을 수 있었다. 나는 언니가 예전에 입던 사이즈 큰 옷들을 입었다. 주로 후드티와 맨투맨. 변한 사이즈에 맞춰 옷을 사는 게 싫었다. 너무 싫었다. 그때 내 생일에 작은이모가 옷을 여러 벌 선물했다. 주황색 티셔츠와 줄무늬 티셔츠, 그리고 사이즈가 아주 큰 티셔츠 두 벌. 선물을 받으러 간 자리에서 당연하게 언니가 입어보았다. 우리 둘은 옷을 완전 공유하고 있었기 때문에, 둘 다에게 어울리는 옷이면 좋았다. 그렇게 납득할 수 있었다. 그런데 기분이 나빴다.

아마도 그때 이모네 집에 가기 전에 둘이 한바탕 언쟁을 해서 기분이 상해 있던 것이 큰 영향을 미쳤을 거다. 큰 영향 정도가 아니라, 그래서 생각을 그렇게까지 하도록 만들었을 것이다. 그때 왜 싸웠는지는 기억이 나지 않을 만큼 사소했다(아마 일기장을 들추어 보면 알 수 있을 테지만 그렇게까지 하고 싶지는 않다). 마치 나비효과처럼, 이미 나빠진 기분은 온갖 것들에 부정적인 냄새를 묻혔다. 나는 생각했다. 내 옷인데 왜 언니가 입어보는 거지? 그게 왜 당연해졌지? 그건 당연히 내가 내 옷을 인정하는 것을 꺼려했기 때문이었다. 부은 나를 인정하는 것을 미뤘기 때문이었다.

지금 언니는 울산의 한 대학교 기숙사에서 지내고 있다. 자기 옷을 거의 다 들고 갔다. 더 이상 언니 옷을 다양하게 입지 못한다. 텅 비어버린 옷장을 채워야 했다. 마침 부작용이 심한 약을 줄이게 되어서 내 모습을 받아들이는 것이 그렇게까지 힘들지만은 않다. 어쩌면 계속 상담을 하고, 온라인 수업을 하면서 내 얼굴을 띄워놓고 보는 것에 익숙해져서 그럴지도 모른다. 예쁘고 안 예쁘고를 떠나서, 무슨 옷에 어울리는지를 떠나서 무슨 말을 어떻게 해야 할지 생각했다. 얼굴에 집중하게는 되었지만 옷차림으로는 이미지를 형성하기 어려운 곳이 바로 화상회의 공간이니까.

부은 몸을 받아들이는 데에 성공하지 못한 것 같다는 마음은 아직도 나를 무겁게 내리누른다. 결국 '어떤 모습이 되어야 해'라는 틀에 스스로를 끼워 맞추는 일을 완전히 내려놓지 못했다는 생각에 죄책감이 든다. 부은 것이 내 탓이 아니었다고 해도, 아니 오히려 그렇기 때문에 더 받아들이기 쉬운 조건이었을지도 모르는데 말이다. 스스로를 자책하지 않고도 받아들일 수 있는 기회였을 수도 있었다. 그런데 그때 찍어놓은 사진이 하나도 없어서, 그때의 나의 모습을 객관적으로 보고 그대로도 괜찮다고 말해주기 어렵다. 하지만 감히 그 결정을 후회하지는 못하겠다. 그때는 그만큼 진저리나게 싫었다. 그걸 견디라고, 그때의 나에게 말하는 일이 폭력적인 것 같다. 다만 하고 싶은 대로 하되 모든 결정과 현재를 존중해줄 수 있었다면 좋았을 텐데, 하는 안타까움이 남았다.

모서리를 들여다보는 일

남들에게 쉽게 말하지 않는 비밀을 말하자면, 나는 모서리를 들여다보는 걸 좋아한다. 내가 생각하는 모서리는 물론 수학적으로 말하면 '꼭짓점'이다. 수학 용어에 익숙한 사람들은 이런 호칭이 불편할지도 모르겠다. 내가 '꼭짓점'을 '모서리'라고 부르는 것은, 할머니 할아버지의 영향이 크다. 직사각형 식탁의 꼭짓점에 앉으면 할머니 할아버지께서 '모서리에 앉지 마라'고 하시곤 한다. 복 나간다고. 모서리에 배를 부딪히면 아프기도 하고, 아마 식탁에서 사람들이 앉는 곳은 대부분 번듯한 직선으로 되어 있는 자리일 것이다. 어엿한 자리가 아닌 곳에 앉지 말라고, 그런 곳에 앉기를 자처하면 네가 그래도 괜찮은 사람인 줄 알고 널 그렇게 대할 수도 있다고 설명해주신 적이 있다.

어렸을 때부터 사물을 관찰해보라는 이야기를 들으면 모서리부터 눈길이 갔다. 처음에는 다른 사람들이 주의 깊게 보지 않는 걸 보고야 말겠다는 마음도 어느 정도 있었던 것 같다. 마치 어떤 유명한 강연에 나오는 이야기처럼. 하얀 종이에 점 하나를 찍고 나서 '여기에 무엇이 보입니까' 하고 질문을 했을 때 사람들은 점이 보인다고 말하지만, 창의적인 사람들은 점이 그려진 하얀 종이를 본다는 그런 이야기. 그 이야기는 '사람들과 다른 것을 봐야 한다'는 교훈으로 내게 오랫동안 남아 있었다. 조금 다른 걸 봐야 한다고, 그래야 '특별함'을 갖출 수 있다고.

그런 이유로 중심이 아닌 것들을 오랫동안 쳐다봤더니, 점점 선과 선이 한 점으로 모이는 모서리가 좋아졌다. 모서리에서는 나에게 그저 하나의 대상이었던 것들, 종종 '세상'이라는 한 단어로 뭉뚱그려지곤 하는 것들이 사실은 저마다의 테두리가 있고 곡선과 직선을 가지고 있다는 사실이 뚜렷해진다. 당장 내 앞의 벽과 책장과 그 책장에 꽂혀 있는 노트의 스프링이, 노트의 내용과 책장을 만든 나무 종류에 상관없이 위에서 아래로 내지른 선들로 되어 있다는 것, 노트의 스프링이 만드는 그림자가 요철처럼 울퉁불퉁하다는 것. 모서리를 보다 보면 이런 것들을 발견할 수 있다.

가끔 혼자서 '모서리 보기 놀이'를 하기도 한다. 모서리는 반드시 어느 곳에나 있기 때문에 아주 쉽고 효율적인 놀이다. 놀이를 하는 법은 어디든 모서리에 시선을 집중하는 것이다. 예를 들어, 차를 타고 지나가다가, 사물의 모서리에 눈을 확 집중하곤 하는 식이다. 그러다 보면 깨진 담벼락에 묻은 노란색 페인트 얼룩, 아주 작은 곳에서 아주 낮게 피어오른 민들레처럼 나에게 새로운 생각의 주춧돌이 되는 것들을 많이 발견할 수 있다. 그냥 재미있기도 하다. 쉽게 차들이 들락거리는 지하주차장 입구를 둘러싼 담벼락에, 누가 분홍색 이불을 가져다가 널어놓을 거라고는 생각할 수 없지 않은가? 그런 걸 발견하면 기분이 좋다. 모서리에서는 예상치 못한 일들이 남들 몰래 일어나고 있기 마련이다. 애니메이션 영화 〈마루 밑 아리에티〉에서 소인 아리에티 일가족이 살림을 차리는 것과 같은 신비로운 일들도 모서리에서 처음 발생할 것이라고 생각한다.

어제는 간만에 밖으로 나가서 '모서리 보기 놀이'를 했다. 그 놀이를 하려고 나간 건 아니었다. 혼자 나간 것도 아니었다. 언니와 집 앞을 걷고 있었다. 우리 집 앞에는 나무 데크로 된 짧은 길이 있는데 그곳에는 주변에 벤치도 있고 나무도 있어서 그쪽으로 걷는 걸 좋아한다. 그 길을 지나는 것은 아주 잠깐이지만 내가 걸을 때마다 나무가 쿵, 쿵 울리는 소리가 좋다. 오랜만에 그 길을 걷는데 모서리를 제대로 볼 수 없었다. 모서리마다 낙엽이 쌓여 있었기 때문이다. 가을이 되면 모서리는 노랗고 붉은 낙엽에 폭신하게 덮이곤 한다. 계절의 변화가 가장 먼저 드러나지는 않지만, 계절의 색깔이 가장 많이 묻어 있고 오랫동안 남아 있는 곳도 단연코 모서리다. 봄에는 꽃잎이 쌓이고 곤충들이 기어 나오는 곳, 여름에는 풀이 무성히 자라 초록색으로 덮이는 곳, 겨울에는 눈을 모아 놓아서 봄 직전까지 눈을 볼 수 있는 곳이기 때문이다. 어제의 모서리를 보면서 내가 가을의 한가운데에 있음을 알았다. 가을에만 볼 수 있는 선들이 모서리로 모였기 때문이다.

취미로
그림을 그려요

취미나 여가 생활에 대한 질문을 받으면 '책 읽기'라고 대답하고 싶지 않았다. 어쩐지 책 읽는 사람은 갈수록 줄어서, 책 읽기를 취미 삼아 한다고 하면 나에게 뭔가 대단한 걸 기대하는 것 같았기 때문이다. 취미가 책 읽기가 아닌 사람들과는 다른 무언가를. 어쩌면 그 '무언가'가 있을지도 모르겠다. 하지만 그건 '책을 많이 읽은 사람으로서의 나'가 아니라 '이렇게 살아온 나'가 가지는 특별함이라고 생각한다. 독서량으로 가늠할 수 없는 무언가. 책 읽기를 취미라고 하지 않는다면 아무것도 취미라고 할 수 없을 테지만, 그래도 취미로 책을 읽는다고는 하지 않는다. 무엇보다 지금보다 훨씬 많은 책을 읽었던, 사람보다 책이 훨씬 좋았던, 책이 있으면 다른 무엇도 필요가 없었던 나의 어린 시절에 비하면 지금의 수준을 독서라고 하기가 부끄럽다. 고전을 읽고 내가 제대로 이해한 게 아닐까 봐 독후감상문도 쓸 자신이 없는 지금의 나는, 명함도 못 내밀 정도다. 그래서 나는 대개 그림 그리는 걸 취미라고 말한다. 그건 꾸준하게 '취미'였다. 책 읽기처럼 아련한 첫사랑의 추억이 없는, 내가 그걸로 뭔가 할 수 있을 거라고는 생각도 해본 적 없었던.

몇 살 때부터 그림을 그려왔는지 따지는 것은 무의미하다. 나는 기억이 날 때부터 그림을 그렸다. 어렸을 때는 주로 공주님을 그렸던 것 같다. 공주님이 아니라면, 지금 읽고 있는 책의 주인공을 그렸다. 사물이나 풍경은 거의 그리지 않았다. 현실에 있는 사람들도 마찬가지다. 그림은 책 속에 있는 사람을 눈앞으로 데려오는 도구일 뿐이었다. 그림을 그리면 책을 덮어도 책 속에 있는 사람들과 계속 만날 수 있었기 때문에 계속 그렸다. 낙서도 많이 했다. 문제집과 교과서 귀퉁이는 작은 얼굴들로 빼곡히 채워져 있다. 하지만 가장 좋아하는 건 하얀 앞면과 뒷면을 가진 A4용지였다. 워낙 빠르게,

대충 그렸다. 선을 긋고 지우개질을 하는 동안 만나고 싶었던 인물을 충분히 만났다는 생각이 들면 뒤도 돌아보지 않고 다음 인물을 그렸다. 그려진 작품에 딱히 애착도 없으면서 계속 새 종이를 꺼내고, 그리고, 바로 내팽개쳤다. 어질러진 책상과 아까운 종이 때문에 자주 꾸중을 들었다. 환경에 좋지 않다는 걸 이해했지만 아쉬운 마음이 들었다. 좋은 곳에 내가 사랑하는 인물들을 눕히고 싶은 마음도 분명 있었기 때문이다. 그래서 점점 특별한 날, 특별한 그림만 새 종이에 그리게 되었다. 보통은 아빠가 일하는 데 사용하고 남은 이면지를 썼다.

그리고 싶은 그림이 좀처럼 늘지 않았다. 미술학원을 하나 다녔는데, 그곳에서는 '정식' 그림만 그렸다. 다시 말해, 데생을 하거나 구성을 하거나 풍경화를 그렸다. 그런 작품의 완성도는 올라갔지만, 정작 표현하고 싶던 인체의 비율과 동세는 잘되지 않았다. 당연한 일이었다. 그림도 다른 모든 것들과 마찬가지로 치열한 노력이 필요한 분야였기 때문이다. 다양한 시도를 해볼 만큼 그림 실력 향상 욕심이 없었던 내가 한순간에 잘 그리게 되는 건 애초에 말이 안 되었다. 충분한 관찰을 하고 똑같은 걸 그리고 또 그리고, 그런 시간들이 쌓여야 선 하나를 긋는 것부터가 달라질 수 있다는 걸 머리로는 알았지만 하지 않았다. 그러기에는 그림 말고도 내가 좋아하는 것들이 너무 많았다. 내가 항상 더 많은 진심을 기울인 것은 책 읽기였고, 사람들이 내게 중요하다고 말한 것은 영어와 수학이었다. 그림은 뒷전이었다.

입원을 하고 나서야 비로소 그림은 1순위가 되었다. 그림을 그리기 위해 손을 놀리는 동안은 복잡다단한 생각들로부터 벗어날 수 있었기 때문이다. 당시에 나는 중간고사 시험을 앞두고 있었는데, 수업을 못 듣는 것도 공부할 기운이 나지 않는 것도 큰 타격이었다. 공부에 집중이 될 상황도 아니었거니와, 시험 때문에 스트레스를 받으면 병에도 좋지 않다고 주변 사람들이 공부하는 것을 말렸다. 그래서 계속 그림을 그렸다. 내가 할 수 있는 것들 중에 가장 생산적이고 또 평온하게 앉아서 할 수 있는 것이 글쓰기와 그림 그리기였기 때문에, 그걸 계속했다. 발레하는 사람의 사진을 옆에 두고 크로키를 했다. 눈앞에 보이는 것이라면 뭐든 닥치는 대로 그렸다. 병원 침대, 베개, 엄마, 언니, 휴대폰… 입원해 있는 일주일 동안 그림 실력이 비약적으로 늘었다. 내가 보기에도 사람은 형태가 잡히고 사물은 선이 깔끔해졌다.

퇴원을 하고서도 계속 그렸다. 하루에 의자에 앉아 있을 수 있는 시간은 한 시간이 채 되지 않았는데, 나는 그 시간을 모두 그림 그리는 데 썼다. 여의치 않으면 엎드려서도 그렸다. 아이러니하게도, 중학교에 입학한 이후로 그때가 가장 많은 독서와 가장 많은 글쓰기를 하고 가장 많은 그림을 그렸던 때였다. 계속 손을 놀리면서 머릿속을 비워냈다.

요즘은 친구들을 주로 그린다. 수업에 집중하고 있는 친구들의 모습을 아이패드와 노트 귀퉁이에 그리면서 나 또한 수업을 듣는다. 손을 놀리면 안정이 되고 마음이 모인다. 조금 더 차분해진 상태로 하고자 하는 걸 할 수 있다. 그러한 과정이 필요할 정도로, 나는 생각이 산만하고 가끔은 완전한 공상의 영역으로 들어간다. 그림은 나에게 공상으로 가는 열쇠이지만 또 한편으로는 나를 공상에서 현실로 끌어오는 매개체가 되고 있다. 적어도 같은 공간에 있는 친구를 그리는 동안에는 그 공간에 집중할 수 있을 것 아닌가. 친구들의 집중한 눈이 어떤 식으로 빛나는지, 수업을 듣고 있지만 영혼은 그 자리에 없을 때 얼마나 유연한 동작으로 책상 위 물병에 몸을 기대고 있는지 본다. 내가 알던 친구가 아닌 것 같은 느낌이 들기도 한다.

항상 다른 것들보다 뒷전이었던 그림을 몇 순위 앞으로 끌어다 놓았다는 이유만으로, 그림은 세상을 다른 색깔과 모양으로 다시 보게 해준다. 그림을 그리기 시작한 그 순간부터 지금까지, 그림을 그리는 것은 내가 세상을 보는 또 하나의 방법이었다.

여기서 빗소리를
들을 수 있어서
좋지?

비가 온다. 비는 창가를 듬성듬성 두드린다. 추적추적, 타닥타닥 도도도도 뚝 소리가 난다. 엄마가 비를 좋아했기 때문에 나도 비를 좋아했다. 비가 오는 날 차를 타고 다니는 것도 좋았고, 나가서 비를 맞는 것도 좋았다. 비가 오고 나서 맑게 갠 하늘이 빗물 웅덩이에 비치는 것이 좋았다. 비가 오고 난 뒤에 회색 아스팔트에 더 짙은 검은색 얼룩이 남는 것도 좋았다. 수채화 물감은 물을 섞으면 섞을수록 연해지는데 아스팔트 색깔은 비가 오면 올수록 그전보다 진해졌다. 하지만 햇빛이 아스팔트의 물을 거둬들이면 검은 도로는 다시 회색으로 물든다. 비가 내리기 전까지는 그냥 검은색인 줄만 알았는데 비가 한번 내리고 나서야 사실은 더 진해질 수 있었다는 걸 알게 됐다.

비가 내리는 날에는 아침부터 기분이 묵직하니 좋았다. 오직 빗물이 운동화 사이로 스며들어 양말을 다 젖게 하지만 않으면 다 괜찮았다. 비에 젖은 양말은 발을 무겁게 하고, 발을 디딜 때마다 꾹찍꾹찍 소리를 내면서 발가락 사이로 물이 빠져나오는 것이 느껴지기 때문이었다.

내가 집 앞 대학병원에 입원했을 때는 여름의 끝물이었다. 반팔 티셔츠를 입었지만 위에 걸칠 것을 들고 다녔다. 밖에서는 도톰한 카디건을 걸칠 수 없지만 그늘에서는 카디건을 입을 수밖에 없었다. 그리고 퇴원했을 때 여름은 간데없고 가을만이 남아 있었다. 병원에서 지낸 시간은 고작 일주일인데 계절이 한 번 바뀌어 있었다. 그 모든 변화가 나 몰래 이루어진 것 같아서 서운했다. 내가 서운해할 걸 알았는지 가을은 몰래 찾아오면서도 병실 문을 두드리고 갔다. 그때 가을이 노크하던 빗소리를 엄마와 2인실 침대에 누워서 들었다.

2인실로 옮긴 것은 준중환자실에서 3일을 지내고 나서였다. 내가 입원해 있던 곳은 병원 본원에서 소아청소년과와 부인과를 분리해 낸 별관이었다. 본원이 지척에 있었기 때문인지 별관에는 '중환자실'은 없고 대신 '준중환자실'이 있었다. 혈압이 계속 200이 넘고 과호흡이 왔기 때문에 밀착 관찰을 위해서 준중환자실로 들어갔다. 준중환자실에서는 매일 아침 일곱 시와 저녁 여섯 시에 30분씩만 면회가 가능했고, 겹겹이 다른 방으로 둘러싸여 있었기 때문에 바깥으로 통하는 창문도 하나 없었다.

거기에는 세 개의 침대가 있었는데, 나를 제외한 나머지 침대에 있는 환자는 모두 의식이 없었다. 특히 내 바로 옆에는 계속 석션(구강 비강 흡인)을 해줘야 산소포화도가 겨우 유지되던 갓난아기가 있었다. 아기의 보호자가 다니는 교회 사람들이 매일같이 면회를 와서 아이가 무사하도록 기도했다. 생사를 넘나드는 생명이 눈을 감고 각자의 싸움을 하고 있는 그곳에 나를 들여보내고 나서 엄마는 계속 울었다고 했다. 건조대에 빨래를 널고 걷고 다시 개면서 눈물이 멈추지 않았더란다. 내가 병동에 들어간 날은 월요일이었다. 목요일은 엄마가 일을 쉬는 날이었다. 목요일 전에는 나오기로 엄마랑 약속해. 엄마는 그렇게 말했고, 나는 정말로 수요일에 거기서 나왔다.

잠깐 동안 6인실에 머물다가 2인실에 자리가 나서 그곳으로 옮겼다. 내 앞 침대에는 소아당뇨를 진단받은 열한 살 아이가 있었다. 그 애와 약 3일 정도를 더 같이 보내고 퇴원했던 것 같다. 아침저녁으로 회진 시간이 되면 나의 주치의 선생님보다 그 아이의 주치의 선생님이 조금 더 빨리 왔기 때문에, 그 애에게 매번 인슐린 주사를 놓고 식단을 어떻게 관리해야 하는지 의사 선생님이 설명하는 걸 커튼 너머로 들었다. 나도 그렇겠지만 그 애도 지난한 길을 걷게 될 것이다. 그렇지만 그 애는 챙겨야 할 것이 무엇인지, 조심해야 할 것이 무엇인지 알았고 매일 의사 선생님이 했던 간단한 테스트에서 가뿐히 합격점을 받았다. 그래서 나는 그 애가 걱정되지 않았다.

2인실에서의 첫날 밤에는 비가 내렸다. 아마도 가을비였다. 비가 된소리를 내며 창문을 두들겼다. 앞집 애의 어머니는 그 소리가 시끄럽다고 말했다. 어떻게 해야 소리가 안 날 수 있을지 커튼을 이리저리 쳐보기도 했다. 엄마와 나도 그 소리를 똑똑히 들을 수 있었다. 그때 우리는 좁은 병실 침대에서 서로 꼭 안고 있었다. 침대는 여느 병실 침대처럼 한 명이 누우면 가득 찰 너비였지만, 그날은 엄마와 약속을 잘 지킨 내가 준중환자실에서 나온 날이었다. 엄마는 한시름 놓은 기색이었다. 엄마가 "여기서 듣는 빗소리가 참 좋다. 여기서 빗소리를 들을 수 있어서 좋지?" 하고 말했다. 준중환자실에 있었다면 듣지 못했을 빗소리. 듣기에는 시끄럽고 또 잠을 방해하지만, 그때만큼 고요하고 평화로운 빗소리를 들어 본 일이 없다. 아마도 빗소리가 아니라 창문을 뒤흔드는 바람 소리였대도 좋았을 것 같다. 하지만 그날 거기에서 엄마와 들은 소리가 빗소리여서 그 시간이 더할 나위 없이 좋았다고 생각한다.

살아남듯이
학교에 다녔다

요새는 잠을 꽤 잘 잔다. 비록 그것이 약 덕분이긴 하지만, 몇 시간이고 밤의 미로를 헤매지 않는다.

금요일 밤에는 응급실에 다녀왔다. 그 전날, 아니 사실 몇 주 전부터 아주 아팠다. 흉통이 심했다. 조금만 움직여도 기진맥진해 쓰러질 것만 같았다. 나는 고갈되고 있었다. 그렇다는 걸 알아도 당장 해야 할 일이 많았고 하고 싶은 일은 그보다 더 많았다. 시험 기간에 무리해서인지 통증이 절정에 이르렀다. 더는 견딜 수 없었다.

2주 정도를 꼬박 회복에 쓴 것 같다. 학교에 제대로 나가지 않았다. 아침에 일어날 수가 없어서 모두가 점심을 먹고 난 뒤에 조용히 등교했다. 그마저도 여의치 않으면 종일 침대에서만 지냈다. 몸이 얼마나 쇠약해졌냐면, 엄마가 이대로는 안 되겠다고 5분짜리 하체 스트레칭을 시켰을 때 하기 싫어, 라며 엎어져 울었다.

운동하기 싫었던 마음도 마음이지만, 무릎이 땅에 닿을 때마다 부은 관절이 너무 아팠다. 몸을 꺾고 늘여야 할 때는 어딘가 잘못될 것 같은 불길한 기분이 들었다. 손끝까지 힘이 없었고 주로 누워 있었다. 사실은 학교에 나가지 않을수록, 집에 누워만 있을수록, 미뤄야 하는 일이 많아져서 막막했기 때문에 울었다. 친구들과 함께 해야 하는 것이 많은데 아파서 계속 친구들에게 양해를 구해야 했다. 아파서 무언가를 포기해야 한다는 게, 다른 사람들에게 미안해해야 한다는 게 익숙해지지 않는다. 언제나 나를 주저앉히는 것이 내 욕심이라고 해도, 왜 나는 욕심을 부리면 안 되는가 하고 낙담스러워진다.

학교에 나가지 않는 동안 학교에 생길 내 빈자리를 생각했다. 원래 스물한 명이 들어야 할 동아시아사 수업은 스무 명이 들을 것이다. 다른 이유로 빠지는 친구가 한두 명 더 있을 수 있겠지만, 어쨌든 나는 그 자리에 없을 것이었다. 그런데 세상은 퍼즐 조각이 아니라서 빈칸이 생기더라도 다른 존재로 그곳이 메워져 있다. 곧 메워진다. 그 틈새로도 누군가 자리에 없다고 알아차리는 건 그 사람에게 각별한 의미를 가지고 있다는 것이다. 내가 필요하지 않은 이상, 아무도 나에게 연락하지 않을 거라고 생각했다.

'필요'라는 단어에 대해서 생각한다. 수업이나 과제를 함께 해야 하는데 일손이 모자란 것만이 필요일까? 옆자리에 없는데 떠올리는 건 필요하기 때문일까? 사람을 필요로만 사귀면 안 된다고들 말하지만 다른 사람들에게 필요한 사람이 되고 싶다. 내가 없으면 나를 욕심내도록. 의외로, 예상하지 못했는데, 많은 친구가 내가 없는 자리를 알아차렸다. 문자를 보냈다. '왜 안 나왔어, 많이 아파? 푹 쉬어', 하고. 수업을 녹음해서 보내주고, 필기를 보내주는 친구도 있었다. 할 수 있는 말이 도저히 없을 만큼 마음이 부풀어 올랐을 때, 이 감정이 바로 '고마움'이라고 새삼 알았다. '친구'라는 말이 개별의 소중함을 뭉뚱그리는 것 같아 슬프다. 한 명 한 명 이름을 나열하고 싶은 내 친구들.

1학기 말 상담 때 담임선생님이 '네가 졸업하는 걸 보고 싶다'고 말했다. 눈물 많은 나는 또 조금 울었다. 살아남듯이 학교에 다녔다. 날갯짓을 멈추어도, 태양 가까이 날아도 죽는 이카로스처럼 날아야만 했다. 그러는 중에도 내가 날고 있는 게 맞는지 끊임없이 의심도 했다. 그 고단한 여정을 혼자서만 간직한다고 그 의미가 사라지지는 않겠지만 다른 사람이 알아줬을 때는 미처 잡지 않아서 바람이 빠져나가는 풍선처럼 마음이 새어나간다. 날 알아주는 사람들이 곁에 있는 나는 행운아임이 틀림없었다.

학교에 다니면서 졸업할 때 무슨 말을 할지 가끔 상상한다. 누군가 나에게 마이크를 주고, 나는 이보다 더 진심일 수 없는 마음으로 내가 덕분에 학교를 다녔다고 말한다. 너희 덕분에, 여러분 덕분에, 당신 덕분에. 당신이 한결같음으로 나를 보아주었으므로.

회복까지도
투병이었네

오늘은 해가 뜨기도 전에 집을 나서서 학교에 갔다. 글쎄, 아픈 다음부터는 모든 카운트가 리셋된 것 같다. '아프고 나서 그러긴 처음이니까'라는 생각을 자주 하기 때문이다. 아프고 나서 처음으로 학교에 아침 7시 30분에 도착했다. 학교에 도착할 즈음에는 해가 떠 있었다.

이제 학교에 해가 뜨기도 전에 갈 수 있다는 게 무엇을 의미하는지 생각한다. 깊이 생각할 필요도 없다. 병이 나아간다는 뜻이다. 그걸 가장 먼저 알려주는 것은 6주에 한 번 주사약을 맞을 때마다 같이 하는 혈액검사 결과다. 벌써 네다섯 번의 진료에서 검사 결과가 좋았던 것이다.

검사 결과가 좋아질수록 의사 선생님은 한시름 놓았다는 투다. 여전히 심장이 아프거나, 손발이 저릿하거나, 컨디션이 좋지 않은 것은 부가적인 불편함으로 취급된다. 당장 증상을 해결해줄 수 없으니 어쩔 수 없다는 것이다. 어쩔 수 없다는 것, 그런 일을 맞닥뜨렸을 때, 더군다나 그것이 당장 생명에 위협을 주는 문제가 아닐 때, 의사 선생님은 냉담해지곤 한다.

그걸 탓할 생각은 없다. 하루에도 봐야 하는 환자가 수십 명인데 한 명의 사소한 불편함 하나하나에 일일이 관심을 기울이고 깊게 고민하는 것은 경제적이지 못하다. 더구나 내가 가는 곳은 온갖 위중하고 희귀한 환자가 모이는 우리나라에서 가장 큰 어린이병원. 합리적인 태도를 취하는 사람에게 가질 수 있는 감정은 생각보다 없다. 서운함 같은 본능적인 차원의 문제는 내 몫이기 때문이다. 의사 선생님이 마주하는 것은 내가 아니라 내 혈액일 때가 많음을 이제 인정한다.

이제 나는 더 이상 위중하지 않다. 치료는 순항 중이다. 그런데 나는 여전히 아프다.

병원에 지금보다 더 자주 갔을 때, 주사약을 투여한 지 얼마 되지 않아서 집중 관찰이 필요했을 때, 쉽게 말해 아프기 시작했을 때부터 지금까지 병원 밖에 있을 때 내가 묘하게 붕 떠 있다고 생각했다. 학교에선 빠지는 수업이 많고 아프다는 것이 하나의 우선적인 고려 대상이 되기에 온전히 그 자리에 있는 느낌이 들지 않았다.

집에 와서도 그랬다. 아프기 전후로 부모님이 날 대하는 방식이 달라졌다. 언제 아플지 모르니까 여전히 집중 관찰 대상이다. 병원에 있으면 모두가 그렇다. 모두가 아팠다. 모두가 고려 대상이었다. 병원에서 차라리 안정감을 느낄 때도 있었다. 하지만 이제 새삼스럽게 깨닫는다. 병원이란 데는 직원이 아니고는 있을 곳이 못 되는구나. 나는 병원에 소속돼 있지 않음을 알았다. 그러나 여전히 아프므로 학교에서도 온전하게 있을 수 없다. 나는 어디에서도 온전하게 있을 수 없다. 그동안은 두 곳에 각각 반씩 발을 걸친 느낌이었다면, 지금은 두 공간 사이 어딘가에서 표류하는 것 같다.

아픈 것도 불만이고 아픈 게 나아지는 것도 불만이라니 모순적이고 비겁한 것 같다. 대체 뭘 원하는지 몰라서 답답할 때도 많다. 나는 무엇을 어떻게 해야 만족할 텐가? 지금 상황에서 만족이란 게 가능이나 한가?

답답하다. 낫는 것도 낫지 않는 것도 무엇 하나 원했던 게 아닌 듯싶다. 왜 나에게 아무도 회복까지도 아픈 과정이라고 알려주지 않았는지 원망스럽다. 모든 고통과 커다란 사건에는 언제나 회복과 재기에 따르는 고통이 있다는 걸 사람들은 너무 쉽게 간과하곤 한다.

고통스럽고
뜨거운
글쓰기

"엄마, 나는 언제 걸었어?"

"두 돌쯤이었을 거야. 돌 때는 못 걸었어. 언니보다는 느리고 호윤이보다는 빨리."

"엄마, 그러면 나는 언제부터 말했어?"

"돌쯤에는 조금 말했어."

엄마는 내가 늦게 걸어서인지 많이 넘어지지 않고 걸었다고 했다. 그리고 특별히 빠르지도 늦지도 않게 말을 하기 시작했다. 특이 사항이 있다면, 완전한 문장을 구사하는 것이 조금 빨랐다는 것 정도. 그리고 다섯 살 때 한 달이 걸려서 한글을 떼었다. 바쁜 부모님을 대신해 할머니께서 내게 한글을 가르치셨다. 할머니는 내가 밤에 자려고 누운 할머니를 찾아가 흔들어 깨우며, "할머니, 공부하게 일어나. 공부하자"고 말했다고 했다. 그런 것은 기억이 나지 않는다. 하지만 글자 쓰는 것을 배우고 연습하는 것은 어렵지 않았다. 글자의 모양이 익숙했고, 말하는 그대로를 쓰기만 하면 되니까. 오히려 나중에 영어를 배우기 시작했을 때 낯선 언어로 말하는 법과 쓰는 법을 동시에 배우는 것이 힘들었다.

한글을 배우던 경험 중 기억에 남는 것은, 베란다에 플라스틱으로 된 작은 정사각형 책상과 의자를 놓고 앉아 글씨를 쓰던 일이었다. 책상 표면이 오돌토돌해서 얇은 종이를 대고 쓰면 연필로 쓴 글씨가 매끄럽지 않고 우툴두툴하게 뻗는 것이 거슬렸다. 그래도 그 책상에는 작고 얕은 서랍이 두 개 달려 있었다. 한쪽 서랍에는 내 물건을, 다른 쪽 서랍에는 매일 함께 지내던 한 살 터울의 사촌 동생의 물건을 넣었다. 처음으로 가져본 내 서랍, 내 공간, 내 자리. 나는 그 자리에 앉아서 글씨를 쓰고, 그림을 그리고, 책을 읽는 것을 좋아했다. 내 손 안에서 책의 페이지가 한 장 한 장 넘어가는 것이 좋았다.

책을 엎드려서 읽는 일이 많아서인지 어렸을 때부터 눈이 나빴다. 초등학교 1학년 때부터 안경을 썼다. 2학년 때부터 스스로 머리를 묶기 시작했다. 잔머리 한 올도 나오지 않게, 빤빤하게 머리를 빗어서 높이 묶어 올렸다. 몇십 분이 채 지나지 않아 잔머리가 곱슬거리며 삐져나왔다. 책을 볼 때 안경이 흘러내리고 머리카락이 흘러내리는 것을 연신 넘겨가며 읽었던 기억이 난다. 학교에서 내가 한쪽 무릎을 세우고 앉아서 쉬는 시간과 점심시간을 보내는 곳은 늘 도서관이었다. 초등학교를 졸업하기 전에 도서관에 있는 책을 거의 대부분 읽었다.

4학년 때는 매일매일, 단 하루도 빼놓지 않고 일기를 썼다. '매일매일 일기를 썼다'라는 타이틀이 탐났다. 무엇보다 칭찬을 듣고 싶었다. 어려울 것 같지도 않았다. 책을 읽을 때마다 내 입맛에 맞는 문장으로 다시 써보고, 이야기를 새로 만들어보고, 인물을 상상해봤다. 그러니 일기를 쓰는 것도 쉬울 것 같았다. 하지만 글을 쓸 때 가장 어려운 건 지속적으로 쓰는 거라는 사실을 몰랐다. 박지원이 재물을 샘에 비유한 것처럼, 글도 비슷한 것 같다. 많이 쓰면 고갈되는 것이 아니라 새로 솟는다. 쓰지 않으면 고여버린다. 내 글은 그때가 가장 맑고 신선했던 것 같다. 맑은 물을 마시듯 글을 썼었다.

중학교 동안은 읽기와 쓰기를 거의 손에서 놓았었다. 아무도 내게 일기를 매일 쓰라고 하지 않았다. 중학교 들어서 새로 생긴 휴대폰 속에도 텍스트는 있었다. 종이로 된 두꺼운 책보다 훨씬 쉽게 읽히기도 했다. 책이 손에 잡히지 않았다. 무엇보다 책을 읽으며 보내는 시간이 죄스러웠다. 수학 문제를 풀고, 노트 필기를 외우는 것만이 공부라고 생각하게 되었다. 내가 읽어왔던 책들이 아무 도움도 되지 않는 것 같았다.

그러다가 중학교 3학년이 되었을 때 수행평가로 자서전 쓰기가 있었다. 굴곡 없는 삶이라서 쓸 일이 없다고 생각했다(물론 그때는 고작 한 달 뒤에 희귀 난치병을 진단받게 되리라고는 상상도 못 하던 때였다). 매일매일 뭘 쓸지 생각했다. 어렵고, 생각이 막힌 것 같아 힘들었다. 하지만 동시에 흥분되었다. 재미있었다. 행복했다. 자기 전에 무슨 말로 글의 서두를 뗄지, 할아버지와 있었던 나의 첫 기억을 무슨 단어로 쓸지 고민하는 것이 너무 즐거웠다. 가장 정확한 글을 쓰고 싶었다. 기억은 원석이었고, 나는 끌과 망치를 가지고 원석을 어르고 달래서 세공하는 일을 하고 있다고 생각했다. 마침내 글을 완성해서 냈을 때, 국어 선생님이 나를 교탁 앞으로 부르셨다.

"너처럼 글을 잘 쓰는 애를 오랜만에 본 것 같아. 앞으로 뭘 쓸지 기대된다."

나는 다시 글을 쓰기 시작했다. 다시 매일매일 글을 썼다. 생각나는 모든 것들을 썼다. 내가 생각하는 모든 문장은 글이 되고, 마치 그러기 위해 생각하는 것 같았다. 그때부터 지금까지 나에게 글 쓰는 일은 환희다. 아주 고통스럽고 뜨거운 환희. 그리고 비로소 나는 한 번도 글을 쓰지 않는 삶을 상상해본 적이 없다는 것을 알게 되었다.

에필로그

아름드리나무 그림을 완성하는 참을성

이 책의 프롤로그는 〈한겨레 21〉에 처음으로 실었던 글을 바탕으로 했다. 생명 줄을 붙잡듯 글을 썼지만 글 쓰는 게 신나서 자꾸 쓰다가 덜컥 연재도 하게 되었고, 이제는 내 이름으로 책이 나왔다. 언젠가는 꼭 내 이야기를 쓰고 싶다고 생각했지만 지금, 이런 내용으로 쓰게 될 줄은 전혀 몰랐다.

고백하건대, 병을 처음 진단받고 2년여의 시간을 떠올리면 대부분을 검게 칠해버리고 싶을 만큼 고통스러웠다. 심장이 죄여드는 통증에 베개나 인형 따위를 끌어안고 겨우 버텼던 밤들이 많았다. 이렇게 아픈데 아무도 알아주지 않는 것 같아서 슬펐던 날은 더욱 많았다. 내 곁을 함께 지켜준 엄마가 우는 모습이 더 아팠는지도 모르겠다. 약의 부작용인지 원래 끌어안고 가야 할 우울인지 경계가 문질러 지워진 우울증에 시달렸다. 정신과 상담을 받기로 결정하고도 몇 번이나 예약을 내 손으로 취소했다. 눈 안쪽에 눈물이 상시 매달려 있어, 엎드리기만 해도 어쩔 수 없이 쏟아져 나온다고 느껴졌던 계절도 있었다. 김철원 선생님의 시 창작 시간에 떠오른 말이나 기억이 견디기 어려워 명치 끝에서 뜨거워지는 울음을 1층 화장실 세 번째 칸에 몰래 숨어 울기도 했다.

아프고 슬픈 이야기일수록 조심스러워서 밝은 일들을 떠올리며 글을 쓰기 위해 노력했지만, 어쩔 수 없이 목탄처럼 우울이 묻어나오는 글이 많다. 같은 일, 같은 주제를 가지고 지금 글을 쓴다면 그렇게 쓰지 않았을 거라고, 후회 비슷한 감정을 느끼게 하는 글도 많다. 책을 거꾸로 읽으면 내가 시시각각 어려지는 것을 알아채게 될지도 모른다.

'자란다'라는 말을 생각하면, 언니가 6학년 때 외할아버지께 생신 선물로 그려 드렸던 느티나무가 생각난다. 외가댁 어귀에는 몇 백 년쯤 그 자리에 있었을 것만 같은 느티나무가 한 그루 있는데, 언니는 바로 그 나무를 그린 것이라고 했다. 내 생각에 언니의 그림처럼 그 느티나무가 파랗고 노랬던 적은 없다. 또 나뭇가지 사이로 새 둥지가 다 보일 만큼 잎이 성기게 돋아났던 것 같은데, 언니의 그림 속 나무는 브로콜리처럼 머리숱이 풍성했다. 그래도 그 나무는 분명 외가댁의 느티나무였다. 나무가 외가댁의 것이었던 적도 없었지만 틀림없이 그렇다고 생각했다. 언니는 그림을 너무 잘 그렸고, 나는 그만큼의 나무를 그릴 수 없다. 그렇게 층층의 나뭇잎을 칠하고 있을 참을성이 없기 때문이다. 자란다는 것은 꼭 아름드리나무 그림을 완성할 만큼의 참을성을 기르는 것이라고 생각했다.

지금도 아름드리나무를 그릴 수는 없다. 나무를 그린다는 것은 뿌리부터 꼭대기의 여린 잎까지를 책임지는 일인데, 나는 일단 뿌리를 그리기 시작하면 뿌리를 깊게 파고드느라 꼭대기 잎을 채 그릴 수 없고, 꼭대기 잎부터 그리면 뿌리까지 뻗어나갈 힘이 없기 때문이다. 그러면 내가 자랐음은 어떻게 증명할 수 있을까? 어렸을 때나 지금이나 나무 한 그루 완성할 수가 없다면 말이다. 나라는 사람이 변할 수 없다는 것을 증명한 것밖에 안 되는 것 아닌가? 차라리 겉모습으로 판단하면, 어렸을 때 찍은 사진과 지난주에 찍은 주민등록증 사진을 비교하면 알 수 있을까? 역시 잘 모르겠다. 지난 2년간의 글이 켜켜이 쌓여가면서 생각의 나이테가 드러나지 않았더라면 정말, 짐작조차 하지 못했을 거다.

나의 배움을 글로 써서 기록하는 동안에도 나는 자랐다. 내가 비로소 아름드리나무 한 그루를 완성할 때까지, 또 그 나무가 자라고 자랄 때까지 이 글을 읽는 당신이 행복했으면 좋겠다. 가능한 자주.

그림을 좋아하고 병이 있어

초판 1쇄 발행 2022년 4월 12일
초판 2쇄 발행 2022년 4월 29일

지은이 • 신채윤
펴낸이 • 이상훈
편집인 • 김수영
본부장 • 정진항
편집2팀 • 이현주 허유진
마케팅 • 김한성 조재성 박신영 조은별 김효진 임은비
사업지원 • 정혜진 엄세영

펴낸곳 • (주)한겨레엔 www.hanibook.co.kr
등록 • 2006년 1월 4일 제313-2006-00003호
주소 • 서울시 마포구 창전로 70 (신수동) 화수목빌딩 5층
전화 • 02) 6383-1602~3 팩스 • 02) 6383-1610
대표메일 • book@hanien.co.kr

ISBN • 979-11-6040-522-4 03810

* 책값은 뒤표지에 있습니다.
* 파본은 구입하신 서점에서 바꾸어 드립니다.